10대를 위한

1분

10대를 위한 1분

초판 1쇄 발행 2015년 2월 27일
초판 5쇄 발행 2017년 6월 13일

지은이 김세유

발행인 김청환   **발행처** 이너북
책임편집 이선이   **편집** 김지혜   **디자인** 읽음
등록 제 313-2004-000100호
주소 서울시 마포구 독막로 27길 17(신수동)
전화 02-323-9477
팩스 02-323-2074
E-mail innerbook@naver.com

ISBN 978-89-91486-78-2 03810

http://blog.naver.com/innerbook
https://www.facebook.com/innerbook

스마트폰을 놓게 하는 생각 한 줄

10대를 위한

1분

김세유 지음

이너북

목차

프롤로그

동네 뒷산

방학이 되면 자주 오르는 동네 뒷산이 있다. 산의 정상에서 마을을 내려다보노라면, 전망을 기리는 커다란 나무가 우뚝 서 있다. 이 나무를 볼 때마다 탁 트인 산 아래의 멋진 장면을 마음껏 즐길 수 없는 것에 아쉬운 마음을 가지곤 했었다. 그래서 시야을 막고 걸리적거린다는 이유로 나무 이름을 '걸림나무'라고 지었다. 때로는 '아예, 이 나무를 베어 버릴까?'라는 잔인한 생각도 하면서 자주 산을 오르내렸다. 그러던 어느 날, 석양이 지는 저녁 무렵에 산을 올라 밑을 무심코 내려다보는데, 문득 '이 나무로 인하여 밑의 전망이 더 아름답게 보이는 것 같다'라는 생각이 들었다. '걸림나무'가 필자에게 다음과 같이 속삭이는 것 같았다. '내가 시야를 가려 줘서 밑의 광경이 더 소중하게 보이는 거란다.'

인생도 마찬가지이다. 계속하여 밀려드는 외모에 대한 약점, 학업에 대한 스트레스, 부모님, 친구 등의 인간관계에서 오는 마음고생 등으로 우리의 생활은 탁 트인 것처럼 여겨지지 않고 곳곳에 '걸림나무'가 존재하고 있다. 하지만, '걸림나무' 자체의 문제보다, '자신이 어떤 의미를 두고 받아들이는가?'의 태도가 훨씬 더 중요하다.

우리에게 아픔과 상처를 주는 여러 인생의 '걸림나무'에 대하여 깊이 성찰하면 이러한 약점과 고난은 결코 우연이 아니며 우리의 인생을 교만하지 않고 성숙하게 만들기 위한 하늘의 뜻이라는 것을 깨달을 수 있다. 자꾸만 자신의 단점을 감추려고만 하지 말고, 쿨~하게 인정하며 역전승의 발판으로 삼는 방안을 연구한다면 한층 가치 있고 의미 있는 인생을 살 수 있을 것이다.

여러 아픔과 스트레스로 인하여 상담해 오는 학생들에게 필자는 자주 다음과 같은 이야기를 해 준다.

"지금부터 10년 전 유치원생의 시절로 되돌아가 보자! 당시에 커서 결혼할 것이라고 엄마에게 큰소리 쳤던 남자친구, 여자친구 등은 지금도 사귀고 있니? 유치원 시절에 장난감과 소꿉놀이로 겪었던 여러 스트레스를 지금도 겪고 있니?, 지금의 스트레스, 마음고생은 10년 뒤에는 별 것 아님을 깨닫게 된단다, 이 모든 것은 지나고 보면 아~~무것도 아니란다. 아니, 어쩌면 지금의 고난이 앞으로 살아갈 우리 삶에 오히려 커다란 밑거름이 되어줄 수도 있단다. 이제 그만 껍데기에 얽매여 시달리지 말고, 알맹이인 본질에 충실하길 바란다. 소중한 이 시기는 두 번 다시 오지 않는단다."

아무쪼록, 이 책이 많은 십대 청소년들에게 읽혀져 자신의 눈앞에 떡 하니 버티고 있는 '걸림나무'들을 오히려 '디딤나무'로 바꿀 수 있는 면역력이 길러지길 바라는 마음이 간절하다.

책을 출간하기에 먼저, 한 치의 오차도 없으신 하나님의 섭리에 감사드리며, '교직'이라는 소중한 직업을 허락해 준 대한민국과 학교에 고마움을 전한다. 또한, 부족한 원고를 멋진 책으로 탈바꿈시켜 주신 도서출판 이너북의 김청환 대표님, 이선이 편집장님, 김지혜 과장님께도 감사한 마음을 표현하고자 한다.

1장

태그

인생
'뭔'가 작용하는
힘이 있는

운명
누가 뭐래도,
그 길을
갈 수밖에 없는

부모님
나를 가만있게
내버려 두지 않으시는

자녀
쳐다보기도 아까운

선행
각박한 세상을
그나마 굴러가게
지탱해 주는

사악함
살아 있는 금붕어를
변기 속에 넣고
그대로 물을 내리는

학교
제각기 다른 아이들에게
똑같은 잣대를 들이대는

교육
올라가는 길은 상세하게 알려주지만,
정작 내려오는 길은 소홀한

걱정&염려
지나고 나면
아무것도 아닌

뒷북
성탄절이 지난 1월에도,
캐롤이 흘러나오는

마침표

한숨 돌린 다음에, 새롭게 문장을 시작할 수 있도록 기회를 제공해 주는

설득

백 마디 말보다, 하나의 행동이 호소력이 강한

가출

부모님의 '마지막 자존심'을 무너뜨리는

사랑

할 수 있는 한, 시간을 함께 보내는

난 네가 좋아하는 일이라면, 뭐든지 할 수 있어♬~

눈가의 눈꼽조차, 아롱거리는 진주로 여기게 만드는

신중

한 번 더 생각을 한 후에 말과 행동을 선택하는

험담

들어주는 사람이 험담 대상의 먼~친척(혹은 비밀요원?)일지도 모르는

계획

예상치 못한 변수에 휘둘리며 수정할 수밖에 없는

인간관계

마음을 열어 놓은 만큼, 상대방도 딱 그만큼만 마음을 여는

인류

너와 내가 아니라, 수십 억의 '나'가 어울려 살아가는

연예인
백 개의 선플보다, 한 개의
악플에 촉각을 곤두세우는

꼼수
뻔한 수가
이미 들통이 났지만,
정작 본인만 모르는

지도자
초겨울, 살얼음이 얼어 있는
강 위를 먼저 걸어 보는

영혼
깃털처럼 가벼워,
중력의 지배를
받지 않고
위로 떠오르는

멘붕(멘탈붕괴)
주변에서 아무리 떠들어도,
전혀 귀에 들어오지 않는

어머니
'위대함(Great)'이라는
말 외에 달리
표현할 방법이 없는

부러움
양파껍질 벗겨내듯이
한 꺼풀 벗기면,
자신과 똑같은 사람인 것을
파악하지 못하는

금기
어떤 경우에도 사람을
차별하지 않는

자살

부모님의 가슴에 대못을 박는
돌아오지 못하는 다리를 건너는

열심&욕심

열심

정정당당하게,
자신의 진보를 위하여
꾸준하게 노력하는

욕심

자신의 한계를
무시하고 과도하게
추진하여 주변에
민폐를 끼치는

비교

내 것은 실제보다 작게,
남의 것은 유난히 크게
보이게 하는

납득

입장을 바꿔
두 번만 생각하면
어느 정도 이해가 되는

뒤죽박죽

시계의 짧은 시침이
기다란 분침보다
더 빨리 돌아가는

긍정

이래도 감사,
저래도 감사,
요래도 감사하는

시시콜콜

자신의 연탄불이
꺼져가는 줄도 모르고,
남의 연탄불 참견하는

출발

4B연필로 스케치를
하기 위해 흰 도화지를
활짝 펼치는

변화

익숙한 습관 하나를
여지없이 잘라내는

성실

누가 보든지,
안보든지 나름대로
꾸준하게 활동하는

말 한마디

수십 년 쌓아올린
신뢰가 한순간에
무너질 수 있는
파괴력을 지닌

수십 년 살아온
그 사람의 전체를
가늠할 수 있는
시금석으로 충분한

개념학생

자리를 떠날 경우에,
자신의 자리를
깨끗하게
정리할 줄 아는

등교길

오늘 하루가 죽이 될지,
밥이 될지
승패를 결정짓는

지혜

어떤 것이
최선의 선택인지를 아는

돈

있다가도 없고,
없다가도 있는

어려움

어디서부터인지
끊임없이 밀려
오는 물결 같은

약점
보완하기 위해
필요한

혁신
절제의 몸부림이
없다면
말짱 도루묵인

한국인
남들의 시선에
의해서 행복이
좌우되는

헛똑똑이
하나만 알고 둘은 모르는

바보
기억해야 할 것은 망각하고,
망각해야 할 것은 기억하는

인간말종
천륜(天倫)과 인륜(人倫)을
저버리고도, 하늘 무서운 줄
모르고 뻔뻔하게 날뛰는

못난이
가는 곳마다 성별, 나이,
출신학교를 따지며,
편을 가르는

궤도이탈
왜 그 자리에 있는지
본분을 망각한

2장

망고
플래치노

인생편

망고플래치노에 등장하는 인물은 사생활 보호를 위하여 모두 가명으로 바꾸었음을 밝힙니다.

망고플래치노**1**

말조심

길을 가다가 다정하게 누군가의 손을 잡고 있는 우리 반 아이를 만났다.

"가연아, 할머니랑 같이 장에 가는구나!"라고 따뜻한 눈길로 인사말을 건넸다.

"선생님, 할머니가 아니고 우리 엄마인데요."라고 차갑게 대꾸를 했다.

"헐~" 어설픈 변명은 구차할 것 같아서 버벅거리며 얼른 헤어졌다.

그 다음 날에도 아이를 보는 데, 미안한 마음이 자꾸 들었다.

차라리, 할머니와 손을 잡고 가는 아이에게

"가연아, 엄마랑 손잡고 장에 가는구나!"

"네? 엄마가 아니고 우리 할머니인데요!"

"하하하, 그래? 할머니께서 너무 젊으셔서 엄마인줄로 선생님이 착각했구나!"라고 웃는 상황이라면 '해피엔딩'으로 끝났을 것이다.

역시, **인간관계는 '말조심'으로 시작하여, '말조심'으로 끝나는 것이다.**

망고플래치노2

부메랑

초등학교 3학년 때, 담임선생님께서 들려주신 실화이다. 담임 선생님이 초등학교 시절의 이야기이니, 거의 1950년 6.25 전쟁 직후의 시기라고 보면 된다.

담임선생님이 당시 초등학교 4학년 방과 후에 친구들과 놀다 가, 싫증이 나서 '무엇을 하고 놀아야 재미있을까?'를 연구하던 끝에 철길 옆 언덕에 숨어 있다가 지나가는 기차에 돌을 던지는 장난을 치기로 했다.

세 명의 친구가 마치 복병처럼 엎드려 있다가 저 멀리서 다가 오는 기차를 보고 다음과 같이 외쳤단다.

"열, 아홉, 여덟, 일곱, 여섯, 다섯, 넷, 셋, 둘, 하나! 던져 임마!!!"

세 명의 친구들이 칙칙폭폭 달리는 기차를 향하여 손에 쥔 주먹만 한 돌을 힘껏 던졌다. 두 명의 친구가 던진 돌들은 기차의 유리창 밑의 철판에 맞아 그대로 땅으로 떨어졌지만, 한 친구가 던진 돌이 열린 창문 안으로 들어가 어떤 사람이 맞았다.

서로 얼싸안으며 성공(?)을 자축하고 놀다가 어두컴컴해진 저녁이 되자 각자 집으로 돌아갔다.

그 다음 날 담임선생님이 학교에 등교하여 친구들을 기다리는데, 어제 돌을 맞힌 친구가 어두운 표정으로 교실 문을 열고 들어왔다.

"친구야! 어제는 네가 맞혔으니, 오늘은 내가 맞출게."라고 말을 걸었더니,

그 친구가 풀이 죽은 목소리로 다음과 같이 어제 밤의 이야기를 들려주더란다.

"친구들아, 어제 재밌게 놀고 집에 들어가니, 집안이 난리가 났어. 왜냐하면, 아버지가 붕대로 얼굴을 전부 감고 있었기 때문이지. 이유를 알아보니, 아버지가 서울 가셨다가 내려오시는데,

동네어귀에서 기차 안으로 날아들어 온 돌에 얼굴을 맞으셨기 때문이야. 결국 내가 던진 돌이 우리 아버지 얼굴을 맞춘 거였어. 아직 집에서는 내가 돌을 던진 범인이란 것은 모르고 계셔"

이 이야기를 들었던 친구들은 요즘말로 '멘붕'이 왔다.

자신이 던진 돌에 자기 가족이 피해를 입었듯이, 자신이 내뱉은 말과 무심코 한 행동이 언젠가는 자신에게 그대로 돌아올 수 있다. 일명 '부메랑 효과'라고도 하는.

망고플래치노3

잠자리에게 무릎을 꿇다

작년에 여섯 살 아이와 함께 잠자리채를 가지고 숲으로 갔다.

잠자리 다섯 마리, 나비 두 마리 등을 잡았는데, 숲의 땅에 도토리가 몇 개 떨어져 있었다. 아이가 신기해하면서 도토리 몇 개를 주워서 집에 가지고 가기를 원했다. 마땅히 보관할 곳이 없어서 잠자리와 나비를 넣어 둔 집 상자에 도토리들을 넣어 두었다.

몇 시간 뒤에 집에 갈 시간이 되어서 잠자리와 나비를 풀어 주려고 채집상자의 뚜껑을 열었다. 채집상자 안의 잠자리 네 마리, 나비 두 마리는 잘 날아올랐지만, 잠자리 한 마리는 나오지 못하였다.

자세히 살펴보니, 도토리에 눌려 날개가 찢어져 있었다. 조심스럽게 잠자리를 꺼내어 돗자리 앞에 두고 무릎을 꿇었다. "날아다니는 곤충인 너에게 날개가 전부일 텐데, 인간인 나의 부주의로 말미암아 네게 큰 죄를 저질렀구나!, 잠자리야! 정말 미안해."

그 다음에 잠자리를 두 손에 정성스럽게 들고 수풀 깊은 곳에 놓아 주었다.

한 번뿐인 인생!, 도대체 뭘 어떻게 살아야 하겠는지 모르겠다고?

〈생명존중, 생명의 소중함〉에 대하여 꼭 기억하며 살아가길 부탁한다.

흉포화된 세상에서 '생명에 대한 가치'만 제대로 기억해도, 우리 인생은 지금처럼 이렇게 각박하지는 않을 것이다. **상생(相生)이 있는 곳에 비로소 진정한 행복이 존재할 수 있는 것이다.**

망고플래치노4
상품권

중학교 시절, 형을 통하여 들었던 수업시간의 예화이다.

어느 날 아침자습시간에 담임선생님이 들어오시더니

"오늘은 선생님이 이벤트 하나를 준비해 왔습니다. 만약에 여러분이 선생님을 교실 밖의 복도로 나가게 할 수 있다면, 그 학생에게는 오후 종례 때 상품권을 선물로 주도록 하겠습니다."

라고 말씀하셨다.

아이들은 그 순간부터 "선생님! 교장선생님께서 얼른 교장실로 오시래요." "선생님 어머니께서 지금 복도에서 기다리고 계세요." "옆반 선생님이 넘어지셨어요." "영애가 수돗가에서 넘어져서 다리가 부러졌대요." 등 담임선생님을 복도로 내보내기 위하여 다양한 멘트를 쏟아내었다. 하지만, 담임선생님은 그 자리에서 눈 하나 깜짝 안하셨다.

여러 아이들이 여러 의견을 내는 가운데, 유독 구석에 있는 한 아이는 관심이 없다는 듯이 창밖만 바라보고 있었다.

담임선생님이 그 아이에게 다가가 "민철아! 너는 상품권에 관심이 없니?"라고 물었다. 그 아이는 대수롭지 않은 듯이 다음과 같이 대답을 하였다.

"저는 솔직히 선생님을 교실 밖으로 내보내는 것에는 자신이 없어요! 하지만, 선생님이 복도에 계신다면 교실로 당장 들어오시게 할 자신은 있습니다."

이 말에 호기심이 동한 담임선생님은 "오호 그래? 그렇다면, 어디 한 번 너의 능력을 보여줘 봐." 하시면서 복도로 나갔다.

결국, 민철이는 상품권의 주인공이 될 수 있었다.

작은 상품을 획득하기 위해서도 치밀한 전략이 필요한 것이 인생의 이치이다.

뭘 좀 제대로

20년 전, 4학년 담임교사를 하고 있을 때이다. 옆 반 아이 중에 뉴질랜드에서 역이민으로 들어온 학생이 있었다. 다른 아이들이 하교한 후에 그 아이는 우리 교실에 들어와서 뉴질랜드의 학교생활에 대하여 여러 이야기를 해주었다. 아이가 하는 말 중에서 20년이 지난 지금도 가장 인상 깊게 남은 것이 있다.

아이 선생님, 우리나라는 수학을 왜 이렇게 금방 금방 배워요?

나 그래? 나는 한국에서 태어나고 자라서인지 잘 모르겠는데, 예를 들어 줄래?

아이 예를 들어, 우리나라는 구구단을 한 단원으로 해서 한 달 정도면 끝나게 되지만, 제가 있던 뉴질랜드에서는 3단 한 달, 7단 한 달 이렇게 한 학기 내내 구구단을 배워요.

나 네가 말하는 것을 들으니, 뉴질랜드는 학습과정이 너무 느리고 답답해 보이는데?

아이 선생님 말씀이 맞아요. 뉴질랜드는 뭐든지 천천히 배우더라고요. 하지만 한 번 배운 것은 평생 동안 잊어버리지 않는 것 같아요!

나 음~(한동안 말을 못하고 침묵이 흐름)

거짓말 탐지기

초등학교 3학년 때의 일이다. 외할머니께서 500원짜리 종이돈을 주고 가셨다.

당시에는 괜찮은 아이스크림이 30원을 하던 시절이니, 500원은 꽤 거금(?)이었다. 어린 마음에 학교 친구들에게 자랑을 하였다.

그런데 점심시간이 되어서 500원을 아무리 찾아도 보이지가 않았다. 이 세상 모든 걱정은 혼자 다 짊어진 것처럼 엉엉 울면서 담임선생님께 돈이 없어졌다고 말씀을 드렸다. 선생님께서는 한참을 듣고 어디론가 나가시더니 무슨 물건을 들고 오셨다. 물건의 몸통에는 무슨 저울의 바늘 같은 것이 있었고 가장자리에는 가는 전선이 길게 늘어져 있었다.

특이한 것은 늘어져 있는 전선 끝부분에 빨래집게 모양의 어떤 것이 달려 있었다. 아무리 봐도 생전 처음 보는 신기한 물건이었다.

선생님께서는 학급의 모든 아이들을 자리에 앉혀 놓으시고 다음과 같이 훈화말씀을 하셨다. "여러분! 남의 돈이나 물건을 허락 없이 가져가면 도둑입니다.

여기에 있는 물건은 우리학교에 하나밖에 없는 '거짓말 탐지기' 입니다.

양손의 엄지손가락에 침을 묻혀서 여기에 있는 전선 끝부분에 달려 있는 집게에 연결을 해서 저울의 바늘이 안 움직이면 도둑이 아닌 착한 어린이이고, 만약에 바늘이 움직이면 남의 돈이나 물건을 가져간 도둑이 됩니다.

이 시간에 여러분이 한 사람씩 나와서 모두 검사를 받을 것입니다. 만약에 바늘이 움직여서 도둑이라고 판단이 나오면 그 학생은 오늘 집에 못가고 선생님과 함께 경찰서에 가야 합니다. 경찰서의 감옥에 가면 무서운 사람들이 아주 많습니다.

선생님이 마지막으로 기회를 주겠습니다. 양심의 가책이 되는 학생은 지금 솔직하게 앞으로 나오세요. 지금 자수를 하는 어린이는 선생님도 더 이상 혼을 내지 않도록 하겠습니다. 선생님의 말씀이 끝나자마자 옆에 앉은 상길이가 자기 주머니에서 500원의 종이돈을 꺼내어 내 책상에 딱 놓더니 선생님 앞으로 나갔다.

선생님은 상길이에게 방과 후에 남으라고 말씀하시고는 안도의 미소를 지으셨다. 모두 처음 보는 학교에 하나밖에 없다는 '거짓말 탐지기'가 과학실에 비치된 전류를 흐르는 것을 감지해 주는 미니 '전압계'라는 사실은 결국 중학교 가서야 알게 되었다.

과연 지금의 초등학교 3학년 학생들에게 똑같이 적용하면 어떤 현상이 벌어질까?

반전(反轉)- 따순이&따돌이

예전에 6학년을 담임할 때의 일이다.

쉬는 시간이었다.

"선생님! 할 말이 있어요!"

"어디 해 보렴."

"왜 자꾸 제 말을 씹으세욧!, 제가 껌인가요!!!"

"어 그래?, 민지야! 미안하구나~ 다음부터는 조심할게."

스승의 날이 되었다.

아침에 교실 문을 열고 들어서니 학급의 아이들이 '스승의 은혜' 노래를 불러주었다.

"스승의 은혜는 하늘같아서 우러러 볼수록 높아만지네 참되거라 바르거라 가르쳐주신~"

노래가 다 끝난 후에 또 나온 민지.

눈을 살짝 치켜뜨면서 돌직구를 날린다.

"그런데, 선생님! 우리가 열심히 노래를 불러드리는데, 왜 안 우시는 거예요?"

"(급당황하여)어, 어, 그래. 졸업식에는 울게~."

졸업하고 3월 중순에 어엿한 중학생이 된 민지가 찾아왔다.

대면하자마자 첫마디가

"선생님! 제 이름 그새 잊어버리셨지요?"

아이가 돌아간 후에, 느낀 것이

'저 아이는 매사에 부정적으로 따지고만 드는 따순이 인생이구나!'

나는 십대 친구들 모두 '따순이&따돌이'가 되기를 바란다.

여기서 '따'는 따지는 따가 아니고, 주변의 가족, 친구들을 '따'뜻하게 품어주는 '따'이면 좋겠다.

반전(反轉) 드라마

1막

초등학교 6학년 때 일이다. 당시 우리 반에는 병석이와 정철이라는 친구가 있었다. 이 친구들은 평소에는 다른 친구들과 별반 차이가 없었는데, 유독 누가 전학만 오면 갑자기 눈빛이 반짝반짝 빛이 났다.

생소한 전학생에게 신고식을 받는다고 하여 방과 후에, 학교 근처 후미진 골목으로 데리고 가서 운동화가 들어 있는 신발주머니로 머리를 후려치곤 하였다.

어느 날 성식이가 도시에서 전학을 왔는데, 그날도 역시 병석이와 정철이는 영문도 모르는 성식이를 후미진 골목으로 데리고 갔다.

마침, 어머니께서 마트에 가서 콩나물을 사오라고 심부름을 보내셔서 지나가다가 호기심에 잠시 골목을 보았다. 많은 아이들이 구경꾼으로 모여 있었고, 역시 병석이와 정철이가 커다란 키를 이용하여 전학생 성식이를 일방적으로 공격하며 몰아붙이고 있었다.

'불쌍한 성식이, 하필 우리 학교에 전학을 와가지고.'

동정심에 혀를 차며 심부름 가던 길을 계속해서 갔다.

다음 날, 아침 등교를 했다.

그런데 전학생인 성식이는 얼굴이 멀쩡하였고, 오히려 병석이
와 정철이 얼굴에 멍이 들어 있었다. '어~ 이상하다. 어제는 성식
이가 당하고 있었는데.'

궁금하여 구경꾼이었던 짝꿍에게 물어보니, 어제 있었던 일을
말해 주었다.

"사실은 성식이가 전 학교에서 '쌈짱'이었는데, 성식이 엄마가
전학 가서는 절대로 싸우지 말라고 신신당부했다고 들었어. 그래
서 처음에는 성식이가 꾹~ 참고 당했지만, 나중에는 화가 폭발하
여 결국 자기의 싸움실력을 내놓을 수밖에 없었지. 그동안에 전
학생들을 괴롭힌 병석이와 정철이가 이번에는 제대로 임자를 만
난 것이지."

2막

말로만 들었던 성식이의 싸움 실력은 몇 달 뒤에 직접 두 눈으
로 확인할 수 있었다.

하루는 성식이와 단 둘이 운동장을 가로질러서 하교를 하고 있

었는데, 중학교에서 퇴학당한 동네 형이 "야! 임마, 이리 와봐." 라고 부르는 것이었다.

"올려면 네가 오지, 내가 왜 가냐?"라고 성식이가 응수를 했다.

화가 난 동네 형은 "이런 피라미 같은 자식을 봤나." 하면서 소처럼 씩씩거리며 우리를 향하여 뛰어 왔다.

나는 얼른 성식이한테, "네가 전학 와서 모르나본데, 저 형은 학교에서 퇴학당한 형이야!, 빨리 도망 가자."라고 말했다. 하지만, 성식이는 덩치가 큰 형이 달려오는데도 한치의 흐트러짐도 없이 차분하게 기다리고 있었다.

마침내 그 형이 달려와서 성식이의 멱살을 잡을 찰나에, 성식이는 한쪽 발을 빼면서, 바지에 차고 있던 허리띠를 마치 칼을 뽑듯이 쓰으윽 빼더니

동네 형을 위에서부터 아래로 채찍질 하듯이 후려쳤다.

이 모든 일이 불과 몇 초도 안 되는 순식간에 일어난 동작이었다.

동네 형은 마치 번개를 맞은 듯이 얼굴을 감싸며 땅바닥에 쓰러지고 말았다.

조금 있다가 초등학생에게 당했던 것이 창피했던지 욕을 하면서 그 자리를 피하는 형을 보면서, "와~ 성식아! 혼자 보기 너무

아까운 장면이었어. 대단한데?"라고 성식이에게 찬사멘트를 침이 마르도록 날렸다.

덩치 큰 상대와 싸울 경우에는 허리띠를 뽑는 것이 나름 성식이의 '히든카드'였던 것이다.

물론 평소에 엄청난 연습을 했던 결과이리라.

3막

성식이와 학교를 계속 다니며, 어느새 고등학생이 되었다.

우리 동네 시골에서 도시에 있는 고등학교로 가려면, 아침 6시 20분 시내버스를 타야 했다. 우리처럼 먼저 앉아서 가는 학생들은 나중에 타서 서서 가는 학생들의 무거운 책가방을 우리의 무릎 위에 올려주는 것이 당시의 관행이었다.

어느 날, 성식이는 만원버스에 앉아 있는데, 서서 있던 자신보다 한 학년 선배와 시비가 붙었다. 뒷자리에 있던 나는 '저 선배, 오늘 제삿날이네 성식이가 누군데 감히!!!' 생각하고 있었다.

하지만, 상황은 정반대였다. 선배형이 앉아 있던 성식이에게 순식간에 니킥을 날린 것이다. 자신의 무릎에 무거운 여러 개의 가방이 있어서 허리띠를 뺄 수 있는 상황이 아니었으며, 설사, 허리띠를 뺀다고 해도 나이 드신 어르신들도 많이 타고 계신 만원 버스에서 함부로 휘두를 수도 없는 일이었다.

쌍코피가 터진 성식이는 고수답게 깨끗하게 선배형에게 패배를 인정하였다.

공부짱이든지, 싸움짱이든지 영원한 챔피언은 존재하지 않는다.

뛰는 놈 위에 나는 놈이 있는 것이 세상의 이치이다.

그러기에 우리는 항상 겸손하게 살아야 한다.

'익은 벼가 고개를 숙인다'라는 속담은 괜히 있는 것이 아닌 것이다.

체벌 시리즈

1막

초등학교 6학년 때 일이다. 점심시간에 급식실에서 밥을 먹고 1층에 있는 교실로 돌아가는데 앞서 가던 친구들이 멀리까지 가기 싫다며 열려 있는 창문을 넘어 교실로 들어갔다.

이 장면을 하필이면 교무실에서 교무부장 선생님께서 보고 있다가 우리 4명을 부르셨다. 교무실로 불려간 우리는은 차렷 자세로 훈계를 듣고 있었는데, 내 옆에 서 있던 친구의 바지 한 쪽이 무릎까지 올라와 있었다.

교무부장 선생님이 갑자기 친구다리를 보시더니 복장이 불량하다고 생각을 하셨는지 "이 자슥들이 지금 모내기하러 왔어?!" 고함을 지르시면서 우리 빰을 차례로 때리셨다.

태어나서 처음으로 눈앞에 별이 번쩍거리는 경험을 하였다. 속으로 생각하였다. '아~하, 이것이 우주를 순간 여행하게 하는 싸대기의 힘이구나!'

2막

중학교에 들어가서 입학식에서 담임선생님이 공개되자마자 깜짝 놀랐다. 어마어마한 거구에 솥뚜껑만한 손! 사과를 손아귀에 넣고 힘을 주면 곧바로 으스러져 생과일주스로 변할 것만 같은 엄청난 포스에 우리는 압도되고 말았다.

새로운 환경에 적응하느라 힘겨웠던 3월 중순의 어느 날! 드디어 사건이 터지고 말았다.

담임 선생님이 청소시간에 아이들에게 각자 알아서 자기 맡은 역할을 하라고 당부하시고 교무실로 가셨다. 선생님이 나가시자마자 교실은 말 그대로 아수라장이 되었다. 빗자루로 칼싸움을 하는 친구, 손에 있던 걸레를 던지며 장난을 치는 친구.

숨죽이고 서로 눈치만 보던 아이들이 마음껏 자유를 만끽하였다. 하지만, 사람에게는 'Feel'이라는 것이 있다. 친구들의 장난치는 모습 뒤로 왠지 불길한 느낌을 감지한 나는 내가 맡은 청소구역인 나무로 된 교실 바닥에 광을 내기 위하여 열심히 초를 바닥에 칠하고 무릎을 꿇어 수건을 반으로 접은 상태에서 부지런히 닦았다.

드디어, 종례시간이 되었다. 예감은 불행하게도 적중했다. 체구에서부터 카리스마가 넘치는 담임선생님은 거친 숨을 몰아쉬며 야구방망이에 버금가는 커다란 몽둥이를 들고 오셨다. "청소당번 모두 종아리 걷고 앞으로 나와!"라고 외치셨다. 우리 모두는 사시나무 떨 듯이 벌벌 떨며 종아리를 걷으며 앞으로 나왔다. "한명씩 이 앞자리 의자 위로 올라와." 하시더니, 여린 종아리에 몽둥이로 여지없이 세대씩 온힘을 다하여 내리치셨다.

매를 맞고 내려온 학생들은 거의 하나같이 고꾸라지듯이 자기 자리로 기어들어갔다.

'생지옥 여기가 바로 생지옥이구나!!' 한숨과 두려움이 온 교실을 덮어갈 무렵, 어느새 내 앞에 있던 친구가 의자 위로 올라갈 시점에서는 '멘붕'을 온몸으로 경험하였다. 부들부들 떨리는 다리를 꾸욱 진정시키며, 의자 위로 올라가는데, 갑자기 그동안 아무 말씀 없이 아이들을 차례차례 매타작을 하시던 담임선생님이 "세유는 열심히 청소했으니, 자리로 들어가!"라고 말씀하셨다. 청소당번 23명 중에서 유일하게 매를 안 맞고 자리로 들어갈 수 있었다.

CCTV도 없었던 수십 년 전에 어떻게 교무실에 계시던 담임선생님이 누가 청소하고, 누가 장난을 치며 놀았는지를 어떻게 파악하셨을까? 지금도 '불가사의'한 일이다.

3막

고등학교 2학년 때의 일이다. 수학선생님이 교실로 들어오시더니, 아무 생각 없이 턱을 괴고 칠판을 바라보는 나를 갑자기 앞으로 나오라고 하셨다. 아마도 선생님 입장에서는 수업태도가 불량하다고 생각하셨던 것 같았다. 앞으로 나갔더니 수학선생님은 "무릎 꿇어!" 하고 호통을 치셨다.

일단, 기분은 나쁘지만(아무 잘못도 없다고 생각되기에), 교실의 시멘트 바닥에 무릎을 꿇었다.

"엉덩이 들어!"

(도대체 왜 이러시지?) 의문을 품으면서 엉덩이를 들었다.

"가슴을 내밀어!"

(어머, 내 가슴!) 하면서 가슴을 앞으로 내밀었다.

갑자기 수학선생님이 구두를 신은 채로 내 가슴을 '빡!' 하고 차셨다. 당시는 물론이고, 30년이 지난 현재까지도 이해가 안 되는 체벌이었다.

'턱을 괸 것이 그토록 잔인하게 맞을 죄인가요?' 지금이라도 정중하게 여쭤 보고 싶다.

4막

내가 신규교사일 때, 거의 20년 전의 일이다.

6학년 아이들을 데리고 강원도 설악산으로 2박3일 수학여행을 다녀왔다.

3일째 되는 날, 돌아오는 고속도로 휴게소에서 한 여학생이 울면서 품에 안겼다. 갑작스러운 행동에 놀라서 "민숙(가명)아 왜 이러니?, 이야기해 봐! 선생님이 할 수 있는 것은 다 해 줄게!"라고 잘 달랬더니 속상한 말을 조심스럽게 꺼냈다.

수학여행 2박3일 내내 우두머리 여학생이 내편, 네편으로 패를 갈라서 분위기가 너무 안 좋았다는 내용이었다. 참고 들어주다가, 버스 안에서조차 영역을 그어 놓고 자기 편이 아니면 뒤로도 못 오게 했다는 이야기를 듣고, 그만 뚜껑이 열려 버렸다.

담임교사로서 아이들의 평생추억이 될 수학여행을 망치게 했다는 자책감에 휴게소에서 달려와 버스에 올라타자마자, 뒷자리에서 폼 잡고 있던 주동자급의 보민(가명)이에게 소리쳤다. "보민이, 너! 앞자리로 나와!" 하면서 버스 중간지역까지 달려가 손에 있던 일간신문을 말아서 걸어나오는 보민이의 머리를 후려치고 말았다.

나도 너무 속상해서 눈물이 주르르 나왔다.

"차라리 교실에서 패를 가르면 갈랐지, 왜 수학여행까지 와서 남에게 피해를 주냐고!! 네가 한 짓이 아이들에게 평생 상처가 될 수 있다는 것 알아?, 몰라?"

그 시각 이후 버스에서 돌아오는 내내 분위기는 얼음처럼 차가워졌다. 그나마 다행인 것은 보민이 역시 충격을 받았는지, 이후로는 완전히 모범생 같이 행실이 바뀌었다.

또한 보민이 어머님께서는 졸업을 며칠 앞두고 우리 반이 악기 연주, 노래, 춤 등을 연습하여 근처의 양로원에서 공연을 하기로 하였을 때 떡을 한 보따리 사오셔서 할머니들께 잘 대접하여 드렸다.

P.S

몇 달 전에, 가족들과 함께 TGI라는 패밀리 레스토랑에 갔었는데,

우연히 보민이와 20년 만에 마주치고 말았다.

보민이의 곁에는 청와대 경호원같이 다부진 체격의 남자친구가

버티고 있었다. 순간 속으로 '보민이가 신문지 말아서 때린 것 따

지면 어떻게 하지?' 당황하였다.

갑자기 보민이가 그 자리에서 털썩 주저앉아 엉엉 울기 시작했다.

"선생님!, 그동안 얼마나 선생님을 찾아 다녔는지 아시나요?, 정

말 정말 뵙고 싶었다고요!"

남자친구 보기가 민망하여 토닥토닥하면서 보민이를 타일렀다.

"결국은 이렇게 만났잖니?, 코엘료라는 작가님이 지은 '연금술사'

에 나오는 글귀처럼, 간절히 원하면 우주만물이 이렇게 만나도록

도와준단다. 여기는 식당이니까 얼른 일어나고 휴대폰번호 알려

줄 테니까, 힘들 때마다 언제든지 연락하렴! 한 번 담임선생님은

영원한 담임선생님인 것 알지?"

그러고 보니, 제자들도 어느 덧 서른 살이 넘었다!! 이제, 같이 늙

어가는 것이다!!!

태균이의 나비넥타이

나의 첫 담임학급은 5학년이었다.

3월 초가 되면 학급마다 반장선거를 하는데, 그날 태균이라는 아이가 뜬금없이 나비넥타이를 하고 등교를 하였다. 지난 5년 동안에 매 학기 반장선거를 할 때 마다 정장에 나비넥타이를 하고 온다고 하였다. 선거 전, 연설할 경우를 대비하여 친구들에게 정성스러운 모습을 보이기 위한 나름의 당선전략이었다.

하지만, 평소 격의 없이 생활해 온 친구들에게 나비넥타이는 오히려 거부감을 불러와 번번이 낙선하고 말았다.

1학년 1학기, 1학년 2학기, 2학년 1학기... 5학년 2학기까지 무려 10번의 반장선거에 떨어지고 말았다. 낙선 결과가 알려지면, 태균이는 어김없이 어깨를 들썩이며 꺼이꺼이 울면서 눈물을 흘렸다.

이에 따라 태균이에게는 '반장선거=나비넥타이=울음 터지는 날'의 등식이 성립하였다.

어느새 1년이 훌쩍 지나고 6학년이 되었다.

6학년이 되자마자 3월초에 실시되었던 전교어린이회장 선거에 출마하였다.

열 번의 나비넥타이 울음을 뒤로 하고 교내방송실에서 진행된 연설 시간에도 역시 나비넥타이를 하고 열심히 연설을 하였다.

1학년에서 5학년까지 10번이나 반장선거에 떨어졌던, 나비넥타이의 태균이가

드디어 6학년 전교어린이 회장에 당선이 되었다!!!

마치 우리나라 전국체전에서 떨어진 운동선수가 천신만고 끝에 올림픽에 나가서 금메달을 딴 것에 비유해도 손색이 없을 것이다. 또한 동네 노래자랑대회에 나가 낙방한 가수가 K-POP오디션에 나가 당당히 1등을 차지한 것과 다름없는 것이었다.

당선되자마자 태균이가 작년 담임이었던 나에게 달려오더니, 품에 안기면서 외쳤다.

"선생님! 저 나비넥타이 덕분에 만루 홈런 쳤어요~~!!"

'나비넥타이=9회말 투아웃 상태에서의 만루홈런'이었던 것이다!!!

망고플래치노11

퉁퉁이 여학생

지금 근무하는 학교의 직전 학교에서 1학년 담임을 하게 되었다.

학교측에서는 점심시간에 1학년과 6학년이 같은 급식실에서 식사를 하도록 배치하였다.

그런데, 유독 눈에 띄는 6학년 여학생이 있었다.

보통 6학년 학생들보다 머리 하나가 더 크고, 덩치가 엄청나게 큰 학생이었다.

마치, '도라에몽'에서 등장하는 몸집이 커다란 '퉁퉁이' 캐릭터가 생각나게 하는 여학생이었다.

옆 테이블에서 식사하는 '퉁퉁이 여학생'을 보면서 놀라운 광경을 발견하였다.

퉁퉁이 여학생이 식사가 끝나면, 옆의 친구들이 앞다투어 잔반을 처리해 주었다. 하교 시에는 주위에 친구들이 병풍처럼 둘러진 치며 가방까지 대신 들어주고 있었다.

한 번은 남학생들에게 "저 여학생은 어떻니?"라고 물어보았더니, 한 남학생의 대답이 걸작이었다.

"쟤는요?, 웃어도 넘 무서워요!!!"

예상했던 것처럼, 남학생들조차 감히 얼씬도 못하는 포스를 가지고 있었다.

어느덧 세월이 흘러 졸업식 날이 되었다.

졸업식장에 학부모님들을 안내하는 역할을 맡아서 열심히 봉사하고 있는데,

평생 못 잊을 장면을 보고 말았다.

퉁퉁이 여학생의 아빠가 퉁퉁이 여학생의 거대한 어깨를 감싸 안으면서 "아이구, 귀여운 내 강아지~~", 엉덩이를 툭툭 치면서, "에고에고, 사랑스러운 내 새끼, 수고했어, 예뻐 죽겠어~~!" 말하는 것이었다.

그렇다! 퉁퉁이 여학생이든지, 킹콩이든지 그 누구라도 부모님에게는 그저 소중하고 안쓰러운 자식일 뿐이다!!! 여러분이 여러분의 부모님에게 귀엽고 사랑스러운 자녀이듯이, 친구 역시 친구의 부모님에게 세상에 둘도 없는 금쪽 같은 보물인 것이다.

촌놈 시리즈

1막

초등학교 6학년 때의 일이다.

하루는 담임선생님께서 목에 힘을 주시며 굉장히 자랑스러운 얼굴로 교실로 들어오셨다. 우리가 묻지도 않았는데, 행복한 표정으로 말씀하셨다. 아니 약간은 상기된 목소리로 선언문을 발표하듯이 자랑을 하셨다.

"얘들아!, 선생님이 드디어 컬러 TV를 큰맘 먹고 장만했단다."

그렇다!, 선생님께서 우리 동네에서 '일빠'로 컬러TV를 지르신 것이었다.

얼마나 부러웠던지! 웬만한 아이스크림이 10원, 30원 했던 흑백TV시절에 컬러TV는 일종의 혁명이었던 것이다!!

2막

중학교 때의 일이다.

친구들이 시내의 백화점을 갔다 온 다음 날, 백화점에 한 번도 못 가 본 나에게 기행문을 읽듯이 여러 광경을 이야기해 주었다. 그럭저럭 이해가 되는데, 아무리 상상해도 이해가 안 되는 것이 있었다. 그것은 바로 계단이 위아래(EXID?)로 움직인다는 것이다. 2층이 가장 높았던 중학교 계단밖에 몰랐던 나는 아무리 생각해 봐도 계단이 살아있는 것처럼 올라갔다가, 내려갔다가 움직인다는 것이 도무지 상상이 되지 않았다.

결국 친구들에게 물었다. "너네, 내가 안 갔다고 거짓말하는 거지?"

그 후에도, 한참 동안 '에스컬레이터'를 직접 보지는 못했다!!

드디어 직접 '에스컬레이터'를 볼 때의 경이로움이라는 것은 마치 우주인이 처음으로 달나라에 착륙했을 경우와 비슷한 강도의 '서프라이즈' 그 자체였다.

3막

고등학교 1학년 때의 일이다.

학교 1년 선배인 2학년 형이 우리 동네의 또래 여학생을 짝사랑하였다.

드디어 그 여학생에게 사랑고백을 해야 하는데, 떨려서 도저히 혼자는 못가겠다고 같이 가자고 부탁하였다. 그래서 난생 처음 '양식당'이라는 곳을 따라 갔었다. 버벅거리며 고백을 하는 선배와 까칠하게 반응하는 우리 동네의 여학생과 함께 어떤 음식을 시켜 먹었다. 태어나서 입에서 살살 녹으며 이렇게 감칠맛 나는 음식은 처음이었다.

　말 그대로, 여기가 천국인가? 할 정도로 기가 막히게 맛이 있는 음식이었다.

　궁금한 것은 못 참는 성미라, 곧바로 종업원 아저씨에게 물어보았다.

　"지금 제가 먹는 음식의 메뉴가 무엇이지요?" 아저씨가 귀찮다는 듯이 대답을 하고 저쪽으로 바쁘게 가셨다. "어~ 돈가스야."

　짜장면만이 온 세상 음식의 지존이라고 믿던 우물 안의 개구리인 나에게 커다란 기쁨을 준 '돈가스~' 지금도 군침이 돈다!!

4막

대학교 때 일이다.

난생 처음 근처 대학교 여대생과 소개팅을 하였다. 없는 살림이지만, 명색이 첫 미팅이라는 생각에 근사한 식당(나도 처음으로 입장하는)에 데리고 갔다.

메뉴판을 가져다 준 종업원 누나에게 제일 멋있어 보이며 글자 수가 많은 음식을 주문하였다. "햄버거 뭐뭐 스테이크 주세욧~."

그러자, 종업원 누나가 곧바로 돌직구를 날렸다.

"아~ '함박스테이크'요, 알겠습니다."

곧바로, 맞은편에 앉아 있던 여학생의 '피식~' 웃는 비웃음이 들려왔고, 이렇게 하여 나의 첫미팅은 'Unhappy'로 끝이 났다.

망고플래치노**13**

중독

학부모 상담 주간에 한 어머님이 상담을 오셨다. 어머니는 나의 맞은 편 의자에 앉자마자 한참을 우셨다. 눈물을 닦으시라고 하면서, 화장지를 드렸더니 고맙다고 하면서 말문을 여셨다.

"선생님 앞에서 이런 모습을 보여서 죄송합니다만, 저희 부부가 어제 법원에 가서 이혼신청을 하고 왔습니다."

나는 순간적으로 화가 나서 고함을 질렀다.

"아니, 준혁(가명)이는 어떻게 하라고요?"

준혁이는 정신지체 2급 장애를 가지고 있던 우리 반 학생이었다.

계속해서 어머님께 여쭤보았다.

"죄송하지만, 이혼 사유를 물어봐도 될까요? 혹시, 준혁이 아버님이 바람을 피우셨나요?"

"아닙니다. 선생님, 바람이나 폭행은 없었지만, 도박에 빠져서 정신을 못 차리고 있습니다. 벌써 갖다 버린 돈만 수천 만 원입니다."

(에휴) 나도 한동안 말문이 막히고 말았다.

왜냐하면 뭔가에 한 번 '중독'된다는 것이 얼마나 심각한 폐해를 낳는지는 익히 경험했기 때문이다.

20년 전 나의 옆반 선생님은 매일 술을 마시는 분이었다. 퇴근 후에 곧바로 집으로 가지 않고 술을 즐겨 드셨다. 어느 날 이 선생님이 술에 취해 밤중의 길을 걷다가 그만 공사 중인 맨홀 뚜껑에 발을 헛디뎌서 많이 다쳤고 결국 병원에 입원하는 일이 벌어졌다.

다음 날 오후에 병문안을 갔더니, 몸의 여러 곳이 골절되어 고정하기 위하여 온몸을 붕대로 칭칭 감아놓았다. '몸을 움직이지 못하니까, 이제 술은 안 드시겠지'라고 생각했던 것은 나의 커다란 착각이었다.

병원 직원들 몰래 사모님에게 소주를 사오라고 하여, 소주병에 빨대를 꽂아서 쪽쪽 빨아 먹고 있었다. 술 때문에 다치고 입원해서 꼼짝을 못하는 상황에서도 소주를 먹는 모습을 보고 '아 중독이 참 무서운 것이구나!, 혼자의 힘으로는 헤어나지 못하는 것이구나.' 절실하게 느꼈다.

아무튼, 준혁이네 부모님은 3개월의 숙려기간이 끝나고 이혼을 했다.

이혼했다는 문자를 준혁이 어머님에게 받고 나서, 나는 다짐을 했다.

'준혁아~ 걱정하지 마, 최소한 내년 2월까지 선생님이 담임을

하는 동안 만큼은 너의 아빠가 되어 줄게~. 이런 때일수록, 기운 내길 바란다.'

진정한 복수

고등학교 시절에 선생님에게 들었던 이야기이다.

선생님의 친구 분도 타 지역의 고등학교 담임교사였다. 하루는 밤늦게 학급의 아이들이 문제를 일으켜 경찰서에 있다는 연락이 와서 주섬주섬 옷을 입고 경찰서로 갔다고 한다.

문에 들어서니, 다짜고짜 담당 형사 분이 이 아이의 담임선생 님 뺨을 때리면서 "아니, 도대체 아이들을 어떻게 가르쳤길래 아이들이 이 모양이야?"라고 고함을 질렀다고 한다.

일단, 아이들을 데리고 나오는 것이 우선순위이므로 끌어오르는 분노를 삭이면서 재발방지 약속을 하고 나왔다고 한다.

이 담임선생님은 다음 날부터 낮에는 교사로 근무를 하고, 밤에는 행정고시를 공부하여 5년 만에 합격증을 손에 쥘 수 있었다고 한다.

첫 발령지는 바로 5년 전 그 형사가 근무하고 있는 경찰서의 경찰서장 자리였다고 한다. 신임 경찰서장님이 오시므로 경찰서의 전 직원들이 차렷 자세로 도열해 있는데, 담임선생님의 뺨을 때린 형사 분도 주눅이 들은 상태로 신임 서장님을 기다리고 있었다고 한다.

마침내, 현관문에 도착하여 환대를 받은 신임 선생님 아니 경찰서장님은 눈도 못마주치는 그 형사 분에게 다가가 어깨를 토닥토닥 하시며 "이미 지난 일은 과거이므로 모두 잊으시고 성실하게 근무하시면 됩니다."라고 격려(으메~ 멋져부러~~)를 해주셨다고 한다.

누구에게 원한이 있다고 하여 주저앉아서 미움과 절망의 세월을 보내며 복수의 칼날만 갈 것이 아니라, 그러한 상황일수록 정신 차리며 벌떡 일어나서 5년 후를 생각하며 열심히 노력하는 것이 정말로 복수하는 것이다.

'진정한 복수'는 악에게 지지 않고 선으로 악을 이기며 넉넉하게 극복하는 것이다.

업데이트

지난 봄에 있었던 일이다.

집 근처 공원에 일곱 살인 아이를 데리고 갔다. 두 살 때부터 지난 5년 동안에 공원 구석의 모래놀이터에서 모래를 이용하여 여러 모양을 만들고 물길을 내며 노는 것이 커다란 즐거움이었다.

하루는 모래놀이터 옆 철조망으로 둘러싸인 인라인 스케이트장을 바라보더니, 자기도 형, 누나들처럼 인라인 스케이트를 타고 싶다고 하였다.

그래서 어린이날 선물로 인라인 스케이트를 사주었다. 어린이날이 있는 첫 번째 주말에 난생 처음으로 인라인 스케이트를 신고 동호회에서 운영하는 무료 인라인강습을 1시부터 2시까지 1시간 동안 받았다. 기상관측 이래 가장 무더웠던 작년 5월의 땡볕에도 아랑곳하지 않고 강습이 끝난 2시부터 6시까지 4시간동안 스스로 수십 번 넘어지면서 인라인 스케이트를 버벅거리면서 계속하여 연습을 하였다. 5시가 넘어서부터는 스스로 인라인 스케이트장의 트랙을 2번 정도는 돌아 올 수 있었다.

일곱 살짜리 어린 아이는 그렇게 해서 익숙했던 모래놀이터의

장난을 5년 만에 졸업하고 바로 옆에 있는 새로운 스포츠의 장을
열어 젖혔다.

전혀 새로운 차원으로의 업데이트. 그냥 오거나 저절로 오지
않는다. 익숙한 이전 것과의 과감한 결별, 새로운 변화에 대한 끊
임없는 도전과 노력이 합쳐진 결과인 것이다.

인생(人生)

지난 설날에 고향에 내려가는데 차가 너무 막힐 것에 대비하여 명절 전날 밤에 출발하기로 하였다. 하지만, 나와 같은 생각을 가진 사람들이 많았던지, 고속도로에 들어서자마자 차가 엄청나게 밀렸다. 3시간가량, 밀리는 구간을 거북이 운행을 하면서 속으로 'OO터널만 지나면 정체가 풀리니까 그때부터는 쌩쌩 달리리라~'라고 연달아 되뇌이며 버텼다.

드디어 기다리고 기다리던 OO터널이 다가왔다. '와~ 이제 고생 끝, 행복 시작이구나!'라고 외치며 터널을 통과하는 순간, 망연자실하고 말았다. 차는 더 이상 안 밀렸지만, 밤안개가 자욱하게 껴서 도저히 속도를 낼 수 없는 상황이었다. 오히려 차가 밀릴 때보다 더 위험을 느끼며 긴장감을 가지고 운전을 하였다.

인생도 마찬가지이다. '학창시절이 끝나고 얼른 어른이 되어서 마음껏 자유를 만끽해야지~'라며 수많은 상상과 행복감에 젖어 들겠지만, 먼 훗날에도 지금이나 아니 지금보다 더 힘든 고난의 상황이 우리를 힘들게 할 수도 있다. 따라서, 인생의 행복은 지금 마음껏 느끼고 즐겨야 한다. 자신을 주저앉게 만드는 상황을 성공의 지름길, LTE의 속도로 인생 경험을 쌓는 계기로 삼고 마음 깊이 감사하며, 자신을 힘들게 하는 사람을 인격수양과 마음단련의 기회로 삼고 오히려 고마움과 따뜻함을 표현하며 행복감에 젖어들어야 진짜 인생의 고수인 것이다.

지금 행복할 줄 모르는 사람은, 어른이 되어서도 결코 행복할 수 없다.

망고플래치노17

자기보상

○○대학교에서 석사학위를 받은 후에 내친 김에 박사까지 하려고 대학원 박사과정 입학시험을 준비할 때의 일이다. 평일에는 교사로 근무하므로 주말을 이용하여 근처의 대학교 도서관에서

공부를 하였다. 특히, OO대학교 박사과정의 영어시험은 고시문제보다 어렵다고 소문이 나 있었다. 전공과목과 영어 기출문제를 중심으로 매주 시간을 정해 놓은 다음에 실제 시험과 같은 시간을 주고 모의고사를 스스로 보았다. 채점 후에 목표 점수 이상이 나오면 '자기보상'을 해주었다. 자기보상은 열심히 노력한 자신에게 상을 주는 것이다. 예를 들면, 자신의 목표치를 도달했을 경우에 시내로 나가서 맛있는 음식을 사먹거나 멋진 영화를 한 편 보는 것이다. 생활비가 모자랄 경우에는 자신에게 여러 번 다음과 같이 속삭여 주었다.

'지금도 충분히 멋지단다~.' '지금도 충분히 멋지단다~.' '지금도 충분히 멋지단다~.'

P.S

대학원 박사과정 시험에는 다행히 한 번에 합격하였지만,

불행히도 입학한 해에 IMF(국제통화기금)외환 위기가 발생하여 금리가 치솟는 바람에 휴학을 거듭하다가 결국 학업을 포기하고 말았다. 지금도 가끔씩 후회로 다가온다.

죽음과의 대면

내가 다녔던 산골의 초등학교는 전교생이 몇백 명에 불과하여 1학년에서 6학년까지 전교생이 같은 장소로 소풍을 나갔다. 4학년이 되어서 학교 근처의 숲으로 봄소풍을 갔다. 기다리던 점심시간이 되어서 점심도시락을 꺼냈는데, 우연히 1학년 후배 학생과 어머님과 함께 세 사람이 같은 돗자리에서 점심을 먹게 되었다. 후배 학생의 이름은 태수(가명)라는 것과 어느 동네 사는 것 등 여러 재밌는 이야기를 하면서 맛있는 점심식사를 하였다. 식사 후에는 학년별로 실시되는 보물찾기 시간이 있어서 아쉬운 마음을 뒤로 하고 어쩔 수 없이 헤어졌다.

가끔씩 어린 태수와 복도나 운동장에서 마주칠 경우에는 친형제처럼 서로 반갑게 인사를 하며 친근감을 표현하였다.

그 해 장마철에는 유난히 비가 많이 내렸다. 먼 마을에서 개울의 징검다리를 건너서 통학하는 태수가 하교하다가 그만 센 물길에 휩쓸려서 떠내려가 결국 아까운 생명을 잃고 말았다. 학교에 입학한 1학년 아이가 목숨을 잃었다는 소식도 놀라운 일이지만, 죽은 아이가 불과 두 달 전에 같은 돗자리에서 행복하게 점심식사를 하였던 태수라는 사실에 엄청난 충격을 받았다.

집을 모르기 때문에 발만 동동 구르고 있는데, 마침 선생님이 태수의 어머니께서 어찌나 우시는지 얼굴이 퉁퉁 부어서 못 알아볼 정도라는 소식을 전해주었다. 난생 처음으로, 초등학교 4학년의 어린 나이였지만 가슴이 먹먹하고 하늘이 노랗게 변하는 체험을 하였다. '죽음' 이런 저런 표현이 있을 수 있지만, 사랑하는 사람들과 헤어져야 한다는 것만으로도, 슬픔 그 자체이다.

우리 모두 살아있는 지금, 주변에 고마움과 소중함을 마음껏 표현해야 한다.

망고플래치노19

습관의 힘

어린 시절, 어머니로부터 들었던 독일에서 일어난 재미난 이야기이다.

친구 집에 초대를 받아 행복한 시간을 보내는 중, 비바람이 심하게 몰아치자,

집주인인 친구가 초대받은 친구에게 제안을 하였다. "여보게, 친구! 오늘은 폭풍우가 몰아쳐 위험하니, 우리 집에서 저녁식사를 한 후에 하룻밤 자고 내일 아침에 돌아가게나."

손님은 집주인의 호의에 고맙게 생각하며 그렇게 하겠다고 대답을 하였다. 서로 맛있게 저녁식사를 즐기고 집주인이 잠깐 다른 볼 일을 보는 사이에 손님이 어느 순간 소리 소문도 없이 사라졌다. 한참 후에, 손님이 비를 쫄딱 맞고서 집주인에게 돌아왔다. "아니, 자네 도대체 어디에 갔다가 온 건가?" 손님이 다음과 같이 대답을 하였다고 한다. "응~, 집에 가서 내 잠옷을 챙겨가지고 왔다네."

우리가 알든지, 모르든지 습관은 우리 삶을 지배하고 있다!

망고플래치노20
우정

중학교 시절 수업시간에 담임선생님에게 들었던 예화이다.

아버지가 젊은 아들에게 물었다. "요즘 친구들과 잘 지내고 있니?"

아들이 대답을 하였다. "네 아버지, 제 친구들은 우정이 대단하여 하늘이 두 쪽이 나도 제 옆에 있어 줄 친구들이에요."

아버지가 반문을 하였다. "그렇게 자신만만하다면, 어디 시험을 해볼까?"

아들이 확신에 찬 목소리로 대꾸를 하였다. "아버지가 어떤 식으로 우정을 테스트하셔도 우리 우정은 흔들림이 없을 것입니다."

아버지는 비가 오는 어느 날 밤에 죽은 돼지 한 마리를 자루에 넣고 아들과 함께 아들 친구의 집으로 향했다.

집 앞에서 초인종을 누른 후에, 아들에게 다음의 대사가 적힌 쪽지를 주고 그대로 읽으라고 하였다. "친구야 어떻게 하지? 내가 실수로 사람을 치고 말았어!, 어서 문을 열고 나를 숨겨 줄 수 있겠지?"

하지만, 안타깝게도 집안에서 다급한 목소리를 들은 아들의 친구는 대문을 열어주지 않았다. 다른 친구들의 집에서도 역시 같은 반응이 나왔다.

이번에는 아버지의 친구 집으로 가서 똑같은 대사를 읊었다.

그러자, 아버지의 친구는 "일단은 비를 맞지 말고 들어오게나! 나는 언제나 자네 편일세." 하면서 대문을 열어주었다. 그리고 들어가서 아버지의 친구 가족들과 함께 맛있는 돼지 불고기 파티를 열었다는 이야기였다.

우정은 자신이 어려울 때, 위기일 경우에 진가를 발휘하는 법이다.

고정관념

만약 내가 아카데미 영화제의 심사위원이라면 작품상은 일본 애니메이션인 '짱구는 못말려'에 줄 것이다.

다섯 살의 짱구가 TV뿐 아니라, 온갖 위험과 고난을 극복하며 지구를 구하는 등의 극장판 만화영상이 벌써 스무 번째를 훌쩍 넘겼다.

'짱구는 못말려'에는 철수, 훈이, 유리, 맹구, 짱구 등 유치원 친구 다섯 캐릭터가 나온다. 주인공인 짱구와 유일한 홍일점인 유리의 얼굴을 보면 당연히 나와야 될 '코'가 없다. 또한, 맹구 역시 코는 없고 그 자리에 기다란 콧물만 나온다.

유치원생인 아이와 '짱구는 못말려'를 볼 때마다 느끼는 것은 얼굴을 그릴 경우에 누구나 그려야만 한다고 생각하는 '코'를 과감히 생략하고 대신 눈망울이나 머리 부위를 더욱 중요한 캐릭터로 만들어 냈다는 점이다. 지금까지 그렇게 해왔으니까, 앞으로도 그렇게 나아가야 한다는 '고정관념'을 속 시원하게 돌파한 작품이라는 생각이 들있다.

지금은 양쪽 어깨에 매고 다니는 것이 아주 당연한 책가방이 나의 중,고등학교 시절에는 반드시 한 손으로 들고 다녀야 한다는 고정관념이 있었다. 누군가 용기를 가지고 여러 우여곡절을 극복하며 고정관념을 깨뜨렸기 때문이리라.

잘못된 관습들은 하나씩 고쳐나가고, 소중한 전통은 귀하게 지켜나가는 것은 우리 모두의 책임이다.

망고플래치노22

결단

20년 전의 첫 담임을 맡았을 때의 일이다.

아침에 한 학생이 눈이 빨갛게 충혈되어 있었다. 병원에 가 보라고 했지만, 좋아하는 과목인 음악 수업은 받고 가고 싶다며, "음악 수업만 받게 해 주세요. 오후에 안과에 가 볼게요."라고 부탁을 하였다.

나는 눈병이 의심되었지만, 아이가 간절하게 애원하였기에 그렇게 하라고 하였다.

다음 날, 학교에 출근하여 깜짝 놀랐다. 무려 10명이 아폴로 눈병으로 결석을 하였다. 그 다음 날에는 우리 반 46명 중에서 무려 30여 명이 결석을 하였다. 금요일에는 불과 5~6명만 데리고 수업을 진행하였다. 동정심으로 월요일의 눈병 걸린 첫 학생에게 결단을 내리지 못하고 우유부단 한 것이 엄청난 결과를 초래하고 말았다.

우리가 살면서 조심해야 할 것은 '다름&그름'의 차이를 착각해서는 안 되는 것이다. 우리와 다른 점은 얼마든지 인정하며 존중해 주어야 하지만, 옳지 못하고 그릇된 행동에는 초기에 과감히 결단할 필요가 있다. 왜냐하면, 나중에는 엄청난 대가를 지불해야 하기 때문이다.

벤치마킹

담임교사를 맡지 않고 한과목만을 가르치는 전담교사를 맡았을 때의 일이다.

점심식사 후에 오후 수업에 들어가기 전, 15분 가량을 엉덩이를 깔고 앉아서

양반다리를 하고 조용하게 명상을 하기를 원했다.

나의 책상이 있던 연구실에는 원어민 선생님을 포함하여 모두 4명이 같이 생활을 하므로 학교의 다른 장소를 찾아보기로 하였다. 학교의 문서를 보관하는 서고나 창고 등 여러 곳의 명상장소를 물색했지만 마땅한 장소가 없었다.

여기 저기를 다녀 보다가 항상 어둡기만 해서 약간은 무서움을 느꼈던 시청각실을 우연히 열어보게 되었다. 바로 직전에 누군가 시청각실의 차양막 한쪽을 걷어 올린 상태였다. 밝은 햇살이 비치며 은은한 조명역할을 하여 명상하기에 최상의 장소가 따로 없었다. 더구나 무대와 의자사이의 공간에는 카펫을 깔아 놓아서 따로 요가 매트나 돗자리도 준비를 할 필요가 없을 정도로 완벽하였다.

이러한 일련의 과정을 통하여 다음과 같이 세 가지의 벤치마킹

할 점을 얻었다.

첫째로, 이전까지는 어두워서 무섭게만 느껴지던 시청각실의 베일이 '때가 되니' 열리는 것 같은 생각이 들었다. 어떠한 어려운 문제도 시간이 지나거나 때가 되면 자동으로 해결되는 경우가 있을 것이라는 뜻도 된다.

둘째로, 시청각실을 우연히 열기 전에 여기 저기 열심히 명상할 장소를 찾아다닌 노력의 덕분으로 이렇게 좋은 명상장소를 찾을 수 있었다는 생각이 들었다.

식음을 전폐할 정도로 치열하게 몰두하다보면 계획에 있든지 없든지 나름대로의 길이 열리는 것이 인생의 법칙일 수 있다.

셋째로, 시청각실에서의 명상이 차츰 익숙하게 되니, 창가의 차양막을 모두 내려서 어둡게 되어도 예전처럼 전혀 무서움이 느껴지지 않았다. 우리가 무서움이나 두려움을 느끼는 것은 그것에 대하여 모르거나 경험이 없기 때문일 것이다. 부단히 노력하고 도전한다면 우리도 모르는 어느새 무서움이나 두려움은 한길로 왔다가 일곱 길로 도망가고 말 것이다.

Feel

작년, 6학년 우리 반의 체육시간에 있었던 일이다. 체육관에 가서 사랑팀과 실천팀으로 나눠서 피구경기를 하려고 하는데, 평소와는 다른 불길한 느낌이 들었다. 막연하게 다가오는 생각이 아니라, 왠지 체육관 벽의 높은 곳에 걸려 있는 커다란 체육관 시계가 떨어져 우리 반 아이 누군가 다칠 것 같은 'Feel~'이 왔다.

느닷없이 열심히 경기하고 있는 아이들에게 "얘들아! 미안하지만 오늘은 그만 교실로 돌아가자!"라고 외치며 학생들을 데리고 황급하게 교실로 돌아왔다. 시계에 대한 느낌은 전혀 이야기를 하지 않았기 때문에 아이들은 영문도 모른 채 교실로 돌아와 교실수업을 해야만 했다. 몇 명의 아이들은 볼멘 소리로 따지는 학생도 있었지만, 모르는 척하고 수업을 진행하였다.

그 날 오후에, 우리 반의 체육시간 다음 시간에 5학년 학생들이 발야구를 하다가 공에 체육관시계가 맞아 그대로 떨어져 한 남학생의 어깨 위에 떨어졌다는 소식을 들었다. 높은 곳에 위치한 커다란 물체가 머리가 아니고 그나마 어깨에 맞은 것은 천만다행이었다.

다음 날이 되어서야 우리 반 아이들을 체육관에 데리고 가서 떨어져서 빈자리가 되어 있는 시계 자리를 보여 주며 어제 있었던 일의 자초지종을 설명하였다. 그제서야 아이들이 휴~ 하며 한숨을 내쉬며 다음과 같이 호응을 해주었다.

"선생님! 이번 방학에 돗자리 까세요~."

이렇게 강력한 'Feel~'을 받는 경우는 특별한 경우이다. 보통의 경우에는 사람의 감정이 화장실 들어갈 때와 나올 때가 확연히 다르다. 그때그때, 상황과 Feel의 강도에 따라 조화롭게 선택하는 것이 지혜로운 삶이라 할 수 있다.

망고플래치노25

마법의 성

20여 년 전, 5학년을 첫 담임했을 때의 일이다.

여름방학이 끝나고 개학과 동시에 체육시간마다 운동장에 나가서 가을대운동회 율동연습을 하였다.

하루는 형민(가명)이가 오더니 "선생님 제가 오늘은 몸이 안 좋아서 교실에 남아있고 싶습니다."라고 부탁을 하였다. 햇살이 강하게 내리쬐는 터라, 당연히 "그래, 오늘은 무리하지 말고 교실에서 쉬길 바란다."라고 말하고 아이들을 데리고 운동장에 나갔다. 그런데, 형민이는 다음 날에도, 그 다음 날에도 몸이 안 좋아서 교실에 남아 있겠다고 계속하여 애원을 하였다. 고개를 갸우뚱하면서도 아이가 워낙에 간절하게 말을 하니, 그렇게 하라고 하였다.

그런데, 운동회 연습을 마치고 들어온 선우가 "선생님, 저 가방에 넣어 두었던 3천 원이 없어졌어요."라고 큰소리로 말을 하였다.

그러자, "사실은 저도 어제 2천 원이 없어졌어요." 이런 말이 여기저기에서 쏟아져 나왔다.

형민이가 가져간 줄은 꿈에도 생각하지 못하고, 모두 두 팔꿈

치를 책상에 닿게 하고 눈을 감게 하였다. 그런 다음에 아이들에게 훈화를 하였다. "우리 반 급훈은 '바르게, 사랑으로, 꿈을 가지고'입니다. 여러분도 알다시피 급훈의 첫 번째 요소가 '바르게'입니다. 어려운 이웃을 도와주거나 유익을 주지는 못할망정, 남의 것에 욕심내는 사람은 우리 반의 친구가 될 자격이 없습니다. 지금부터 여러분에게 반성하고 용서받을 기회를 주도록 하겠습니다. 친구들의 돈을 가져간 사람은 지금 두 번째 손가락인 검지를 움직이기를 바랍니다. 돈을 가져간 것도 나쁜 일이지만, 이런 시간에 자수를 하지 않는 것은 자신에게 거짓말을 하는 것이 됩니다. 나중에 커서 어른이 되어서도 반드시 후회를 하게 될 것입니다.

자~, 돈을 가져간 친구는 지금 검지 손가락을 움직여 보세요!"

조용한 침묵의 시간이 조금 흐른 후에 맨 뒤에 앉아 있던 형민이가 검지 손가락을 깜박거리듯이 움직이고 있었다.

그 순간 맥이 풀리면서 갑자기 나의 두 눈에서 눈물이 났다.

'아~ 믿는 도끼에 발등 찍힌다는 속담이 이래서 생겨났구나!'

다른 아이들은 모두 집으로 하교시키고 비밀리에 형민이를 남게 하여 이야기를 나누었다. 교실에 며칠을 혼자 있다 보니, 심심하여 가방을 뒤지기 시작하였고, 훔친 몇 만 원은 맛있는 것을 사먹느라고 모두 써 버렸다고 하였다.

학원에 갈 시간이 되었다고 하여 내일 다시 이야기를 나누자고 하며 일단은 집으로 보냈다.

그런데, 갑자기 밤에 형민이의 아버님께서 전화를 하여 내일 오후에 학교에 찾아오겠다고 하였다. 나는 '그래, 법무법인에서 근무하시는 형민이 아버님께서 자초지종을 듣고 내일 오셔서 정식으로 사과하시고 아이들 돈을 변상하시기 위하여 오시나 보다'라고 생각을 하였다. 이것이 그야말로 세상을 눈꼽만큼도 모르는 천진난만, 순진무구한 착각임이 밝혀지는 데는 오랜 시간이 걸리지 않았다.

다음 날 오셔서 형민이 아버님은 자리에 앉자마자, 나에게 따지기 시작하였다. "아니, 왜 우리 아이만 교실에 남겨가지고 그런 일에 빠져들게 했습니까?" 하도 기가 막히고 어이가 없으니까, 말로 먹고사는 직업인 나도 어안이 벙벙한 상태로 듣고만 있었다. 한참을 따지시더니, 자리에서 일어나면서 최후의 일격을 나에게 날렸다. "우리 아이는 이런 학교에 못 보냅니다. 그래서 아내와 상의한 결과 이번 주말에 다른 도시로 이사를 가기로 하였습니다."

　그날 퇴근을 하면서도 하늘만 쳐다보고 "허 참, 허 참"만 반복하였다.

　형민이가 우리 학교에 등교하는 마지막 날에 아이들에게 다음과 같이 말을 하였다. "친구들아! 형민이가 오늘까지만 우리 반에서 수업을 하고 이번 주말에 갑자기 이사를 하게 되었단다. 다음주부터는 다른 도시에 있는 학교로 전학을 가게 될 것 같단다." 전학을 가는 영문을 전혀 모르는 아이들은 정숙한 분위기속에 형민이가 새 학교로 전학 가서도 잘 지내며, 형민이의 미래에 좋은 일만 많이 일어나기를 기원해 주는 말을 많이 해주었다.
　마지막으로, 내가 "형민아, 친구들이 너에게 좋은 이야기 많이 해주었는데, 형민이도 친구들에게 남기고 싶은 이야기가 있니?"라고 물어보았다.
　형민이는 갑자기 교실의 맨 앞자리로 나오더니, 반 친구들을 찬찬히 둘러보며

"선생님, 마지막으로 부탁이 있는데요, 제가 노래 하나 부르고 전학 가도 될까요?"라고 말을 하였다. 내가 고개를 끄덕이자 형민이는 이윽고 노래를 부르기 시작하였다.

믿을 수 있나요? 나의 꿈속에서

너는 마법에 빠진 공주란 걸~

언제나 너를 향한 몸짓에

수많은 어려움뿐이지만

.

.

.

이제 나의 손을 잡아 보아요

우리 몸이 떠오르는 것을 느끼죠

자유롭게 저 하늘을 날아가도 놀라지 말아요

우리 앞에 펼쳐진 세상이 너무나 소중해~ 함께 있다면

그 당시에 유행하던 '마법의 성'이라는 노래였다.

20년이 넘는 세월이 지났지만, 지금도 이 노래가 어디선가 흘

러나오면 그때 마지막 이별곡을 진지하게 불렀던 형민이가 생각
난다.

P.S

이 이야기를 들었던 학급에서는 전학 가는 학생만 있으면, '마법
의 성' 노래를 다같이 합창으로 부르며 환송회를 해주었다는

우물 안 개구리
::::::::::::::::::::::

　몇 달 전에 어느 도시의 전시관을 방문하였다. 전시관의 중앙에 그 도시의 발자취를 70년대, 80년대, 90년대 등을 기준으로 사진과 함께 전시해 놓았다. 70년대의 사진에는 주로 흑백사진, 비포장길, 자전거 등의 배경이 나왔다. 당시 전통시장의 여러 사람들이 나름대로 열심히 살아가고 있는 모습이 애잔한 감동으로 다가왔다.

　'우물 안의 개구리'라는 말은 흔히 장소만 가지고 설명되는 속담이지만, 시대별로 사진을 전시해 놓은 것을 감상하면서, 자신의 세대만 생각하며 아등바등 살아가는 인생도 시간적으로 '우물 안 개구리 인생'을 벗어나지 못할 수도 있다.

　현재 자신의 삶이 어렵다면, 부모님의 사진앨범을 펼쳐서 수십 년 전의 생활상을 살펴보기를 바란다. 또한 앞으로 몇 십 년 후에 우리 후손들이 컴퓨터 파일을 통하여 우리의 생활상을 살펴볼 것을 상상하기를 바란다. 세월이 흐르면서 물갈이가 되듯이 **그렇게 한 세대는 가고** 또 한 세대는 오는 것이다. 이러한 도도한 세월의 흐름을 인식하고 멀리 보고 나아가는 사람이 지금의 어려움을 극복하고 가치있고 의미있는 삶을 살아갈 수 있는 것이다.

우리 모두 '우물 안의 개구리'에서 탈출하여, 장소적으로는 지금의 다람쥐 쳇바퀴 도는 삶에서 전 세계를 향하여 웅비하는 꿈을 가지며, 시간적으로는 다음 세대의 후손들을 위하여 아름다운 세상을 만들기 위한 초석을 다져야 한다.

망고플래치노 27

진주목걸이

중학교 시절에 교생선생님으로부터 들었던 '진주목걸이'라는 책의 이야기이다.

허영심이 많은 부인이 파티를 앞두고 여러 의상을 걸쳐 입던

중에 목이 허전하여 친구를 찾아가 진주목걸이를 빌린다. 저녁 파티에서 즐거운 시간을 보내고 온 부인은 옷을 벗으려다가 목에 걸려 있던 진주목걸이가 없어진 것을 알고 깜짝 놀란다. 다음 날 아침에 보석가게에 가서 같은 진주목걸이의 가격이 어마어마한 거액임을 확인한 부인은 자신의 모든 것을 팔고 은행에서 대출까지 받아서 진주목걸이를 사서 원래의 목걸이 주인에게 돌려준다. 이후로 이 부인은 진주목걸이의 대출금을 갚기 위하여 수십 년간 엄청난 고생을 한다. 많은 세월이 흐른 후에 공원에서 우연히 목걸이의 주인을 만난 부인은 사실을 실토한다.

부인의 이야기를 끝까지 들은 목걸이 주인이 매우 안타까운 표정으로 다음과 같이 대꾸를 한다. "어머, 어떻게 하지요? 그 진주목걸이는 진짜가 아니고 가짜였는데요!"

교생선생님으로부터 이야기를 들은 후, 삼십 년이 넘게 흘렀지만, 아직도 "가짜였는데요!"의 마지막 장면에서 받았던 반전의 충격을 마음속에 기억하고 있다.

아이스크림 전문점

유치원생 아이를 데리고 아이스크림 전문점에 들렀다. 많은 종류의 아이스크림이 있었는데 아이에게 고르라고 하니 자신이 좋아하는 과자가 꽂혀있는 아이스크림을 곧바로 골랐다. 아이가 고른 아이스크림을 테이블 의자에 앉아서 먹는데, 아이가 과자만 쏙쏙 빼먹고 아이스크림 몇 숟갈을 먹더니 이내 그만 먹는다고 하였다. 나도 과자가 없는 상태의 아이스크림을 먹어 보니 맛이 별로였다. 아이스크림 전문점에 와서 본질인 아이스크림은 보지 않고, 화려하게 꽂혀 있는 과자만 보고 선택한 결과였다.

우리도 인생의 진로나 결혼 등 중요한 선택을 마주대할 경우에 '겉멋'만 잔뜩 들은 화려한 비주얼만 쫓다가는 금세 싫증과 실망을 느끼며 땅을 치면서 후회할 수 있다.

화려한 네온사인일수록, 그 속은 수많은 전선들로 어지럽게 꼬여 있다는 사실을 모르는 것이다. 아무리 이미지가 중요한 시대라고 하지만, 속이 꽉 찬 내용물보다 우선 할 수는 없는 것이다.

헛다리&생사람

지난 학기의 주말에 있었던 일이다.

토요일 오전에 모르는 번호로부터 문자가 왔는데, 'ㅗ'만 달랑 왔다.

순간 속이 부글부글 끓으면서, 금요일에 수업시간에 꾸중을 했던 한 아이가 떠올랐다.

그때부터 주말 혼자만의 시나리오를 쓰기 시작하였다.

'아마도 오늘 학교대표로 '플로어볼 대회'를 나가서 분명히 다른 학교에 졌을 거야! 당연히 화가 나니까, 어제 자신을 혼낸 나에게 친구 휴대폰을 빌려서 욕설 문자를 보냈겠지! 그리고 여러 명이 둘러 앉아 희희낙락했겠지.'

그리고 다음과 같은 전략을 세웠다.

월요일에 가면, 상담실로 데리고 가서 "이미 친구들이 모두 사실을 고백했다. 왜 나에게 화풀이를 했니? 내가 그렇게 만만하니?"라고 곧바로 돌직구를 날리면서 자백을 받아내려는 통쾌한 계획을 나름대로 세웠다.

드디어, 월요일 아침이 되었다. 평소보다 10분 일찍 출근을 하였다.

혹시나 하여, 가르치는 학생들의 전화번호가 적힌 명부를 살펴
보다가 깜짝 놀랐다. 의심을 했던 아이와는 전혀 상관이 없는 다
른 반 아이의 휴대폰이 문자를 보낸 번호와 일치하였다!

전교어린이회장 선거운동기간이었는데, 선거담당인 나에게 한
후보아이가 욕설을 표하는 문자를 보낸 것이었다. 그 아이에게
화가 나는 것보다는, 주말 내내 엉뚱한 아이만 의심한 것 같아서
맥이 탁 풀리고 말았다. 물론 상상속의 시나리오지만, 말 그대로
헛다리를 짚고, 생사람만 잡은 것이었다.

자신의 생각만이 항상 옳을 수만은 없는 것이다. 그러기에 다
른 사람의 생각을 존중하고 참고하려는 자세가 지혜로운 삶이라
고 할 수 있다.

3장

그린
스무디

사는 것이 하루하루가 넘 힘들어요.

1. 지난 브라질 월드컵과 올해 호주 아시안컵 축구경기를 잘 봤지? 인생을 전, 후반 90분인 축구로 비유를 하고 싶어! 지금 나이가 열다섯 살이라면, **이제 전반전 15분이 지난 것에 불과하 단다.** 앞으로 남은 전반전이 30분, 후반전이 45분, 살아갈 인생 에 비유하면 75년이나 남은 거지. 한 골이나 두 골 먹었다고 벌써 기진맥진하여 나가떨어질 이유가 없지. 지난 브라질 월드컵에서 전후반 90분 경기가 끝나고 패배한 팀은 그라운드의 잔디에 누워 회한의 눈물을 흘리며 쓸쓸하게 짐을 챙겨 고국으로 돌아가는 모 습을 보았을 거야! 지금은 낙담하고 절망할 때가 아니란다. 골을 먹은 이유를 냉철하게 분석하고 전열을 정비하여 역전의 발판을 마련할 때란다. 그래야 나중에 90분간의 모든 축구경기가 끝난 후에, 승패를 떠나서 최선을 다했기에 후회가 없다고 자신과 팬 들에게 당당하게 말할 수가 있단다. 당연히 팬들은 기꺼이 응원 의 박수를 보낼 것이란다. 인생도 마찬가지란다. 순간 순간을 최 선을 다하여 살아가다 보면 기회는 반드시 오기 마련이고, 최후 의 순간에 회심의 미소를 지을 수 있는 것이란다.

그린스무디 **Q&A 2**

학교 가기 싫어요.

학교가 싫은 것이 아니라, 공부하기가 싫은 것이구나! 학교는 주로 공부를 하는 곳이 맞지만, 다른 관점으로 보면, 꽤 근사한 여행코스도 될 수 있단다. 자신을 학교의 여행 가이드라고 생각하고 나름의 '**올레길 코스**'를 개발하길 바란다. 먼저 교문에 들어오면 조급하게 현관으로 가서 누가 쫓아오듯이 교실로 곧장 뛰어가지 말고, 운동장 둘레길을 한 바퀴 돌고 들어가면 한결 여유로운 마음이 생길 거야. 점심시간에 시간여유가 있다면, 마치 당직 선생님이 순찰하듯이 교내를 1층부터 5층까지 찬찬히 음미하여 다니는 것도 좋은 실내 산책코스가 될 수 있단다. 천천히 다니다 보면, '아하~, 우리 학교에 이런 시설, 공간이 있었구나!'라고 감탄하는 순간도 있을 거야. 왜 학교의 주인은 사람들이라고만 생각하니? 운동장에 있는 나무 한 그루, 도서실에 있는 책 한 권이 어쩌면 인간들보다 더 오래 학교를 지키고 있는 것일 수도 있단다. 학교에 대하여 약간만 마음을 열어 봐! 학교는 고마운 사람들, 소중한 물건들이 조화롭게 존재하는 곳이란다. 여러분이 있을 곳은 아무리 생각해도 학교란다. 졸업한 후에는 정든 추억의 장소가 되겠지.

그린스무디 Q&A 3

가끔 뭘 해야 할지 몰라서 방황하는 경우가 많아요.

라면을 먹는 경우를 생각하렴. 배가 고프다는 이유로 라면을 물에 끓이지 않고, 성급하게 생라면을 먹는다면 음식이 아니라 그저 과자에 불과하단다. 생라면은 간식은 되지만, 허기를 채울 수는 없단다. 또한, 맛있는 라면을 먹기 위해서는 라면봉지 속에 제공되는 스프와 양념을 제 때에 잘 넣어야 된단다. 여기에 계란까지 넣어주면 '금상첨화'겠지? 라면 하나로 끼니를 때울 경우에도, 이렇게 절차와 준비물이 필요한데, 괜찮은 인생을 살기 위해서는 이것과 저것을 잘 구비해야 하는 것은 너무나도 당연하단다. 지금은 이것과 저것을 열심히 준비하는 시기란다. 마음껏 방황하면서도 한 편으로는 멋진 자신의 인생을 위하여 열심히 노력하기를 바란다.

그린스무디 **Q&A 4**

'학교'라는 단어만 생각하면 스트레스를 받아요.

학교에 자신만의 '카페'를 만들어 보렴. 나는 중학교 3학년 시절에 틈만 나면, 2층의 자료실에 들어가 괘도 뒤편에서 아무도 모르게 책을 보거나 명상을 하곤 했단다. 고등학교 시절에는 청소당번이 아닌 경우에는 학교 건물 옆에 작은 숲이 우거진 곳에서 초록의 잎을 실컷 바라보면서 피로해진 눈을 마음껏 정화시키곤 했단다. 학교에는 교실을 제외하고도 수많은 공간이 있단다. 잘 찾아보면, 자신과 단짝친구만의 '카페'를 발견할 수 있을 거야! 정말 카페처럼 여러 가지 음료수를 주문할 수는 없겠지만, 시원한(따뜻한) 물 한 잔을 들고 가서, 친구들로 받은 상처, 공부로부터의 스트레스를 조금씩 내려놓고 몸과 마음을 재충전하기를 바란다. 학교에서 행복을 찾지 못하면, 나중에 사회에 나와서도 있는 곳에서 행복을 찾기가 어렵단다. 그나마 학교가 울타리가 되어 너희를 보호하고 있다는 것, 잊지 말고. 이 세상에 완벽한 곳은 존재하지 않는단다. 어때? 먼 훗날에 빙그레 웃을 수 있는 멋진 '카페'를 지금 당장 찾아나서 보는 것이?

엄마 아빠가 매일 싸워서 집을 나가고 싶어요.

돌아오는 주말에 대형마트에 가서 장수풍뎅이나 햄스터 등 작은 동물을 사서 집에서 길러보는 것은 어떨까? 동물이나 곤충이 체질에 안 맞다면, 씨앗을 사다가 종이박스에 흙을 담아 채소나 식물을 재배해 보는 것은 어떻겠니? 집에 정 붙이는 비법을 이모 저모 생각하여 곧바로 실행에 옮겨 보길 바란다. 부모님의 이혼이나 갈등은 절대 네 잘못이 아니란다. 어른들에게는 어른들의 세계가 있는 것이란다. 지금은 너의 흩어진 마음을 모아서 집으로 거두어야 하는 시기란다. 밥을 먹고 잠을 잘 수 있다는 것만으로도 집은 우리에게 최상의 장소란다. 가족의 누구에게 손가락질하지 말기를 바란다. 비난하고 미워하기에 앞서 '그분들이 계셔서 이렇게 내가 살아있구나! 참 고맙고 소중한 우리 가족'이라고 되뇌이길 바란다. 가출은 이미 함정에 빠진 자신을 더 깊은 늪 속으로 끌고 가는 것밖에 안 된단다. 쉽게 말하면, 문제 해결에 전혀 도움이 안 되고 자신과 주변에 해만 끼치는 것이 바로 가출이란다. 방황하고 싶은 자신에게 다음과 같이 타이르렴. '**이런 때일수록, 이런 때일수록, 흐트러지지 말고 중심을 꽉~ 잡자!!!**'

그린스무디 Q&A 6
부모님이 도저히 이해가 안 돼요.

벽장이나 창고 방에서 오래된 부모님의 앨범을 꺼내 보렴. 부모님도 너희처럼 어린 시절, 사춘기 시절이 있었단다. 그렇게 혼자서 고군분투하며 살아오시다가 지금의 엄마, 아빠를 배우자로 만나 결혼이라는 '골든크로스'를 하신 것이란다. 부모님께 용기 내어 여쭈어 보렴! "엄마, 아빠! 이 십대 시절의 사진에는 어떤 사연과 추억이 숨겨져 있나요?" 꼭 기억하렴, **부모님도 할아버지, 할머니의 소중한 자녀였다는 사실을.** 혹시라도 부모님께 서운한 것이 있거나 상처를 받은 것이 있다면 직접 말로 하지 말고 종이에 정성껏 편지를 써서 드려 보렴. 생각했던 것보다 훨씬 더 큰 효과를 발휘한단다. 왜냐하면, 부모님의 세대는 편지에 대한 아름다운 추억을 한두 가지 정도는 가지고 있기 때문이지. 기운내고 기억하렴. 너희도 나중에 부모님이 될 수 있단다. 그것은 인생에 있어서 가장 짜릿한 순간이라고 자신 있게 말할 수 있단다. 어쩌면 지금 이렇게 스트레스 받는 것도 멋진 부모가 되기 위한 단련과정이라고 할 수 있단다.

그린스무디 Q&A 7

완전히 슬럼프에 빠져서 집, 학교 등 모든 생활이 귀찮아졌는데 요?

기계가 아니고 인간이기 때문에 지치거나 슬럼프에 빠지는 것은 지극히 당연한 현상이란다. 인생은 단거리 경주가 아니고 마라톤에 비유하는 것은 그만큼 전략을 지혜롭게 잘 짜라는 의미이겠지. 한 가지 제안을 할게. 힘겨워 쓰러질 순간이 올 때마다, '그나마'라는 단어를 떠올려 보렴! 예를 들어, 나의 경우에는 '부자는 아니지만, 그나마 출근할 수 있는 직장이 있는 것만으로도 다행이다', '깨끗하고 넓은 아파트는 아니지만, 그나마 우리 가족이 밥 세 끼 먹고 두 다리 뻗고 잘 수 있는 조그만 집이 있어서 다행이다' 등을 되뇌며 마음에 평안을 얻는단다. '그나마'라는 감사의 끈을 붙잡고 자신의 상황을 긍정적으로 생각하며 희망을 키워간다면, 머지않아 가라앉았던 슬럼프도 뿅~ 하고 튀어오를 수 있을 것이다.

하루 빨리 성과를 내고 싶은데 넘 더딘 것 같아 지루해요.

성경에서 보면, 아브라함이 이삭을 낳은 나이가 100세라고 나온단다. 이삭과 만나기 위하여 무려 100년을 기다린 셈이지. 모세가 이스라엘 민족을 애굽에서 탈출시킨 나이는 무려 80세란다. 거기에 40세부터 80세까지 무려 40년간 광야생활을 하였지. 다윗왕도 태어날 때 금수저를 물고 태어난 것이 아니라, 그저 평범한 집안에서 태어나 십대시절에는 거친 땅에서 짐승을 돌보는 목동에 불과했단다. 하지만 아브라함은 믿음의 조상으로, 모세는 민족의 지도자로, 다윗은 이스라엘 최고의 성군으로 우리 모두 기억하고 평가를 한단다. 왜냐하면, 그 분들의 과거 한 단면을 보는 것이 아니라 인생전체로 평가를 하기 때문이지. 여러분도 마찬가지란다. 용수철처럼 튀어오르는 지금의 조급한 마음을 조금만 더 여유롭고 너그럽게 누그러뜨릴 수 있다면 훨씬 더 멋진 하루하루를 보낼 수 있을 것이다. 급할 이유가 하나도 없단다.

싫어! 싫어!! 싫어!!! 학교 쪽으로 쳐다보기도 싫은데요?

공부하기를 좋아하는 사람이 누가 있겠니? 그냥 꾹~ 참고 하는 것이란다. 다만, 행복한 학교생활을 위하여 한 가지 팁을 준다면, 학년이나 학급에서 1등할 수 있는 종목을 찾아 보렴! 나는 초등학교시절부터 대학교 4학년까지 16년 동안에 단 한 번의 반장, 부반장, 회장, 부회장 심지어 모둠장도 해본 적이 없단다. 하지만 중학교 시절에는 국사과목에서만큼은 교과서 한권을 통째로 외워서 항상 100점을 맞았지, 고등학교 시절에는 전교에서 일찍 등교하는 것만큼은 1등을 하였단다. 항상 5시 30분부터는 등교 준비를 했던 결과였단다. 내가 담임했던 아이들 중에 평상시에는 얌전한 아이지만, 다른 반과의 피구시합, 4월의 과학상자 조립대회, 모형 항공기 날리기 대회, 독서 골든벨 행사 등 다양한 행사시 두각을 나타내는 아이가 있단다. 물론 평상시 아무도 모르게 내공을 쌓았던 결과이겠지. 아무리 찾아봐도 친구들에게 내보일 종목이 없다면, '우리 반 경청 1위'는 어떻겠니? 친구들의 말을 고개를 끄덕여 주며 몽땅 들어주는 것이지. 등교할 때마다 '그래, 오늘도 학급친구들의 고민을 전부 들어줘야지, 이러다 내가 전문상담선생님 되는 것 아니야?'라고 자신에게 다짐하렴.

도대체, 시험은 누가 만들어서 우리를 이렇게 괴롭히나요?

내가 간만에 돌직구를 던져도 되겠니? 시험은 우리를 위하여 존재하는 것이란다. 조금 더 구체적으로 설명하자면, 시험이라는 것은 우리가 하고 싶은 것을 마음껏 하게 해주는 '열려라 참깨' 같은 것이란다. 의사선생님이 되고 싶다면 의사고시에 합격하면 되고, 법조인이 되고 싶다면, 사법시험이나 로스쿨시험에 합격하면 되고, 요리를 하고 싶다면 요리 자격증 시험에 합격하면 되는 것이란다. 자신이 진학하고 싶은 고등학교나 대학교가 있다면 해당 학교의 입학시험에 합격하면 된단다. 구차하게 왈가왈부할 필요가 없이 시험처럼 깔끔한 승부의 세계도 없단다. 왜냐하면, 기막힌 전략을 세워 치밀하게 노력하면 자신도 깜짝 놀라는 멋진 결과와 성취감이 기다리고 있기 때문이지. 어차피 해야 할 공부, 치러야 할 시험이라면, 무조건 거부감만 드러내어 스트레스 받지 말고, 자신을 한 단계 업데이트시키는 역전의 발판으로 잘 활용하기 바란다. 지구가 망하지 않는 한, 시험도 없어지지 않는단다. 왜냐하면 시험만큼 공정한 선발도구를 아직 발견하지 못했기 때문이지.

버릇없는 후배가 있어 마음고생을 하는데 어떻게 해야 하나요?

얼마 전에, 세유샘이 근무하는 학교의 어느 학년 연구실을 열었는데 나이가 한참 어린 선생님이 소파에 누워 들어가는 나와 눈이 마주쳤는데도 일어나지도 않고 그대로 있더구나! 순간 화가 나면서 피가 거꾸로 솟구치는 혈기가 올라왔으나 감정을 잘 추스르고 그날 하루를 잘 보냈단다. 밤에 명상을 하는데, 비로소 화가 났던 마음이 다음과 같은 메시지로 인하여 풀리고 말았단다. '그 후배 교사가 자세를 고치지 않고 소파에 그대로 누워 있던 것은 선배 교사인 너를 무시해서가 아니라, 그만큼 허물없이, 격의 없이 편안하게 생각하고 있다는 것이다! 관점을 디자인하렴!!'. 혹시라도 후배가 버릇없이 대한다고 하여 함부로 화내지 말기를 바란다. 그 후배는 네가 그만큼 편안하고 좋기 때문일 수도 있단다. 아참! 좋은 선후배 사이는 웬만한 친구 사이보다 더 끈끈할 수도 있단다.

프로와 아마추어의 차이점은 무엇인지요?

간단히 설명하면, 프로는 먹든지, 마시든지, 무엇을 하든지 자신의 전문성을 키우기 위하여 온 마음을 기울이는 사람이란다. 얼마 전에 내가 근무하는 학교에 평가 전문 선생님이 오셔서 교사들을 대상으로 연수를 하시는데, 영화 '아이언맨'의 동영상을 수행평가의 자료로 활용하였던 예화를 들려 주셨단다. 우리가 신나게 영화를 감상하고 있을 때, 평가 전문 선생님은 '아하~ 영화의 이 장면을 수행평가 자료로 활용하면 좋겠구나!'라고 전혀 다른 차원에서 즐감을 하고 있는 것이란다. 또한, 프로는 어떠한 경우에도 불리한 환경이나 어려운 상황을 탓하지 않고, 그러한 난관들을 순전히 실력으로 돌파해 내는 사람들이란다. 프로의 세계에서 한눈팔지 않고 꾸준히 자신의 길을 걸어온 사람들을 우리는 '거장'이라고 명명한단다. 돈 많이 버는 직업에 관심을 갖는 것보다는 어느 한 분야의 프로, 나아가 거장을 꿈꾸는 네가 되기를 바란다.

그린스무디 Q&A 13

세유생도 강적을 만난 적이 있나요?

  하도 많은 강적을 만나서 헤아릴 수가 없단다. 가장 최근의 강적은 바로 며칠 전에 만났단다. 수업 시간에 한 여학생이 커터칼로 자신의 지우개를 사정없이 난도질을 하여서 얼른 "위험한 칼! 안 집어넣어?!"라고 고함을 쳤단다. 불과 3분 뒤에 그 여학생, 이번에는 가위로 지우개를 여지없이 잘라내고 있었지. 나의 노려보는 눈초리에 다음과 같이 대답을 하였단다. "왜요? 선생님~ 칼은 집어넣었잖아요!!!" 인생의 강적은 나이와는 전혀 상관이 없단다.

행복한 학창시절을 보낼 수 있는 비법이 있나요?

다행히도 있단다. 그 비법은 바로 '당연한 것들에 대하여 고마움과 소중함을 느끼는 마음'이란다. 얼마 전에 퇴근을 하여 유치원 아이를 씻기다가 아이 어깨에 내 안경이 부딪쳐 안경알은 욕조에 빠지고 테는 망가지고 말았단다. 여기 저기 안경점에 전화하여 늦게까지 하는 안경점을 향하여 정신없이 나갔단다. 그런데 안경을 쓰지 않고 보니 도로에서 질주하는 차들의 조명과 상가 건물들의 네온사인이 흐릿하게 보였단다. 안경을 썼을 때 선명하게 보이던 모든 것이, 안경 하나 망가졌다고 온통 먹먹하게만 보이더구나. 급식실에서 먹는 점심의 소중함, 주변 사람들에 대한 고마움 등 쳇바퀴처럼 돌아가는 평상의 생활 속에서 조금씩만 감사하는 마음을 가져 보렴. 나는 새벽 4~5시 사이에 일어나 아침명상을 1~2시간씩 매일 수행하는데, '주님! 오늘도 명상을 할 수 있도록 생명을 연장시켜 주셔서 감사 드립니다'라는 짤막한 기도를 드리고 명상을 시작한단다. 공부를 시작할 때도 공부할 수 있도록 여건을 마련해 주신 국가, 부모님, 학교, 선생님, 친구들, 교과서 등에 대하여 고마움과 소중함의 마음을 가져 보렴. 전혀 다른 차원의 학창시절을 보낼 수 있을 거야. 건투를 빈다, 파이팅!!

저는 공부를 완전히 포기한 '공포족'인데, 어떻게 하면 좋을까요?

우선, 토닥토닥~ 기운 내렴! 사람 일은 내일 일을 알 수 없는 것이란다. 다만, 수업시간을 제외한 시간에 학교의 도서관을 마음껏 이용해 보는 것은 어떻겠니? 예상외로, 도서관에는 재밌는 소설책이나 다양한 분야의 책들이 구비되어 있단다. 분기나 학기별로 사서선생님이 새로운 책을 구입하니, 평소에 읽고 싶었던 책이 있다면, 사서선생님께 미리 주문한다면 주문해 주실 거야. **공부를 포기했다고 인생까지 포기할 필요는 없다고 생각한다.** 책속에는 수많은 길이 있단다. 마치, 초등학교 시절에 보물찾기 하듯이 도서관의 책을 통하여 자신에게 맞는 소질들을 탐색해 나가는 것도 스릴 있고 재밌는 과정이 될 수 있을 거야. 혹시, 학교 도서관을 이용하기가 여의치 않다면, 집 근처에 있는 도서관을 마음껏 이용하는 것도 좋겠지. 놀아도 도서관에서 놀고, 잠을 자도 도서관에서 자고, 공상을 해도 도서관에서 하다 보면 자신도 모르게 어느새 자신이 나아가야 할 어떤 분야와 만날 수 있을 것이다. '뜻이 있는 곳에 길이 있다'라는 격언은 결코 빈말이 아니란다. 당장 오늘부터 '도생도사', 도서관에 살고, 도서관에 죽는 삶을 살아보지 않겠니?

저 같은 십대, 청소년시절에 꼭 갖추어야 할 것이 있다면 무엇이 있을까요?

한 가지만 추천하라면, '균형 잡힌 시각'이라고 할 수 있단다. 나의 경우에 일간신문 두 가지를 정기구독하고 있는데, 한 신문은 굉장히 보수적인 신문이고, 또 다른 신문은 상당히 진보적인 신문이란다. 한 신문에서 머릿기사로 취급되는 기사가 다른 신문에서는 아예 언급조차 안 되는 경우도 많지. 또한 같은 사건을 두고도 보수와 진보 각각의 관점에서 쓴 사설을 마주대할 수가 있단다. 세상에는 '음'과 '양', 보수와 진보, 남자와 여자 등 수많은 양극이 존재한단다. 청소년 시기에는 어느 한쪽에 몸과 마음을 담그는 것보다는 양쪽의 입장과 나팔을 모두 들어보며 각각의 장점을 자신의 것으로 취해 나가는 것이 지혜롭게 십대 시절을 보내는 방법일 거야. 그러한 생각과 관점들이 모아지면, 한쪽의 극단적인 시각이나 흑백논리로부터 자유로워질 수 있단다. 나아가 '균형잡힌 시각'은 어른이 되어서도 '조화로운 인생'을 살아가는 밑바탕이 될 수 있단다. 아무쪼록 정치인이나 어른들의 싸우는 모습으로부터 얽매이지 않고 여유롭고 너그러운 포용심을 갖기를 바란단다.

영화나 드라마를 보면 대부분의 주제가 사랑이던데, 도대체 사랑
이 뭔가요?

세유샘이 생각하는 사랑이란? 인생을 두 동강 내는 것이란다.
진정으로 사랑하는 사람을 만났다는 의미는 자신의 인생이 그 사
람을 만나기 전과 만난 후, 이렇게 둘로 나눠진다는 뜻이란다. 또
한 사랑에는 '초월'이라는 독특한 가치가 담겨 있단다. 나이, 국
가, 종교마저 초월하는 것이야말로 '진정한 사랑'이라는 표현을
쓸 수 있겠지. 바로 사랑이 있기 때문에 우리는 존재하고 인생을

살아가며, 나아가 인류가 그럭저럭 굴러갈 수 있는 것이란다. 6
학년을 담임한 경우, 학급 내에서 누가 누구를 좋아하고, 사귄다
는 고자질을 들을 때마다 나는 이런 멘트를 날린단다. "사람이 사
람 좋아하는 것이 죄가 되니? 너 부러워서 선생님에게 이르는 거
지?"

**친구들이 좋은 집, 좋은 명품을 가지고 있으면 부러워 미치겠는데
요?**

아니, 지금 때가 어느 때인데? 정신 바짝 차리길! 세유쌤이 생
각하는 최고의 사치호강은 '밥 세 끼 잘 먹고 두 다리 쪽~ 뻗고
마음 편하게 자는 것'이란다. 얼른 화장실에 가서 찬물로 세수한
다음에 헛된 것, 헛된 욕망에 휘둘리지 말고 소중한 시간과 마음
을 가치 있고 의미 있는 일에 쓰기로 결단하길 바란다. 허망한 것
에 마음을 두면 나중에 극심한 후회가 필연적으로 따라오기 때문
이지.

진정, 친구를 부러워하고 싶으면 그가 가진 '인격과 실력'을 벤
치마킹하길 바란다. 지금은 껍데기로 향한 마음을 과감히 훌훌
털어 버리고 알맹이의 본질에 몰두할 시기란다.

그린스무디 Q&A 19

4분 정도의 짧은 시간에 심신을 재충전할 수 있을까요?

컴퓨터나 스마트폰으로 국민체조나 새천년 체조 등의 체조를 검색하여 음악에 맞추어 동영상을 보며 체조를 하면 좋을 것 같단다. 체조를 하다 보면 오랜 시간 의자에 앉아서 굳어진 근육들이 풀리면서 마음도 훨씬 여유로워짐을 느낄 수 있겠지. 1분의 시간만 허용이 된다면, 두 눈을 살포시 감고 '기마자세'를 하면서 마음을 차분하게 가라앉혀 보렴. 몸과 마음은 서로 연결되어 있단다. 틈이 날 때마다 자주 스트레칭을 해주면, 움추렸던 마음에도 활력을 불어넣는 효과가 있단다. 문제는 실천이겠지.

그린스무디 Q&A 20

(똘지구) 학교 가기 정말 싫어요.

학교에 가면 각자의 책상과 의자, 사물함이 있을 거야. 혹시라도 땡땡이를 치고 학교에 결석한다면, 책상과 의자, 그리고 사물함이 이런 대화를 하겠지, "다른 주인들은 모두 여기에 함께 있는데, 우리 주인은 어디에서 방황하고 있을까?" 자신이 있어야 할 자리에 있는 것이 진정한 행복이란다. 자신의 책상, 의자, 사물함에게 말하렴, "너희가 있어서 내 자리가 생겼구나. 정말 고마워."
학교와 교실은 추억을 만들어 주는 소중한 곳이란다. 먼 훗날 지
금의 자리를 그리워하며 '그 때가 내 인생의 꽃다운 시절이었지.'
라고 회상할 때가 반드시 온단다. 힘들겠지만, 조금만 더 참고 견
디기 바란다. 지금의 인내가 달콤한 열매로 보답을 할 시기가 반
드시 온단다.

그린스무디 Q&A 21
빨리 어른이 되어 공부를 안 해도 되면 좋겠어요.

작년에 나의 어머니께서 허리 수술을 하셔서 간병을 한 일이
문득 생각나는구나! 7시간에 걸친 힘든 수술을 마치고 병실로 돌
아오셨을 때, 고통으로 괴로워하시는 어머니를 보면서 간호사님
께 링거에 연결되어 있는 무통수액을 많이 눌러 달라고 부탁했단
다. 조금 지나자 통증으로 힘겨워하시던 어머니께서 갑자기 구토
를 하시면서 어리럼증을 호소하셨단다. 너무 많은 수액이 갑자기
들어가자 통증은 줄었지만, 전혀 생각하지 못했던 부작용이 생겨
난 것이지. 인생도 마찬가지란다. 지금이 힘겹다고 도피하거나
포기한다면, 또 다른 형태의 더 치명적인 어려움이 곧바로 들이
닥치는 것이란다. 비밀을 하나 이야기하자면, 아버지, 어머니를

포함하여 대부분의 어른들은 너희를 굉장히 부러워한단다. 그만큼 어른노릇하기가 힘겹기 때문이란다. 자, 이제 스트레스 훌훌 털고 벌떡 일어나렴. 지금 걷지 않으면, 훗날 뛸 수밖에 없단다.

그린스무디 Q&A 22

학교의 '학', 공부의 '공'자만 떠올려도 진절머리가 나요.

몇 주 전에 동남아시아의 빈국에서 장학사업을 계획하시는 집안어른과 대화를 한 적이 있단다. 그 나라는 매일 아침에 몇백 원의 입장료를 내야만 학교에 들어올 수 있다는 이야기를 들었단다. 결국, 가난한 집의 아이는 학교 근처에 가보지도 못한다는 이야기겠지? 나도 젊은 교사 시절에 급식비를 안 낸 우리 반 학생들을 대상으로 "왜 급식비를 안 냈니? 언제까지 납부할 수 있니?" 재촉한 기억이 있구나! 그런 의미에서 마음만 먹으면 얼마든지 학교에 다닐 수 있고, 공부할 수 있는 지금의 환경을 보면서 나는 가슴을 쓸어내리기도 한단다. 어려움은 항상 존재한단다. 공부에 대한 어려움뿐 아니라, 친구, 부모님과의 스트레스 등 나름대로 힘든 점이 많겠지만, 꿋꿋하게 버티기를 바란다. 이러한 견딤의 훈련이 여러분을 훨씬 성숙한 어른으로 자라나게 해줄 거야.

그린스무디 Q&A 23

글을 잘 쓰려면 어떻게 해야 하나요?

글에 대하여는 나도 자신이 없기에, 정여울 작가님이 2013년 10월에 경향신문과 인터뷰한 내용을 중심으로 답을 하고자 한단다. '모든 글은 내게 편지다. 글을 쓸 때는 수신자를 정해 놓고 편지를 쓴다고 생각하면 도움이 된다. 학생들에게는 책에 메모를 하라고 말한다. 책에 메모를 하게 된다면, 그건 그 책이 내게 말을 걸어왔다는 뜻이다. 책을 읽고, 수다를 떨고 싶은 욕망을 느끼는 데서 글쓰기가 시작된다' 작가님의 멋진 아이디어인 것 같구나. 글, 운동, 공부 등 모든 것은 자꾸 용기를 내어 꾸준하게 실행하다 보면, 어느 순간에 가닥이 잡히기 마련이란다. 나는 이것을 '궤도진입 성공'이라고 표현한단다. 일단, 궤도에 진입하면 수월하게 모든 것을 진행할 수 있단다. 이러한 점은 이론으로는 설명이 안 되고, 결국 행동으로 실천할 경우 스스로 터득할 수 있는 것이지.

그린스무디 **Q&A 24**

생일을 뜻 깊게 보내고 싶어요.

먼저, 아침에 일어나자마자 부모님의 방으로 가서 "낳아 주신 것도 감사한데, 길러 주기까지 하셔서 고맙습니다."라고 인사드리면서 큰절을 올리기 바란다. 학교에 가서는 왕따를 당하거나 수줍어 말이 없는 친구에게 다가가 **'일일 단짝친구'**가 되어 주렴. 그날 하루만이라도, 주변에 당연한 듯 존재해 왔던 부모님, 형제자매, 친구, 선생님께 감사한 마음을 표현해 보는 거지. 그리고 자기 자신에게 축하한다고 노래를 불러 주는 것도 좋은 방법이란다. 생일 축하합니다~♬, 생일 축하합니다~ 사랑하는 ○○○ ~ 생일 축하합니다~♬

그린스무디 **Q&A 25**

시험 기간이 끝나면 마냥 놀고만 싶은데, 막상 맘놓고 놀려고 하면 왠지 마음이 불안해요.

잠시의 짬이지만, 알차고 보람 있게 보내야겠지? 살고 있는 지역이나 아파트 단지의 축제, 행사, 알뜰시장 등에서 진행요원으로 봉사하기를 추천한단다. 어떠한 경험이든지 사람을 많이 대해 보는 것은 인생을 살아가는 데 많은 도움과 교훈을 얻을 수 있는 기회란다. 세유샘이 가장 좋아하는 문구는 '뜻이 있는 곳에 길이 있다'라는 격언이란다. 집안에서 조용히 있지만 말고, 마음을 활짝 열고 주변과 이웃을 위하여 여러분의 숨겨진 끼와 소질을 봉사하는 마음으로 발휘해 보렴. 분명히 더 많은 행복과 벤치마킹할 점이 있을 거란다.

그린스무디 Q&A 26

'돈 앞에 장사가 없다'는 말이 사실인지 궁금한데요?

드물기는 하지만, 돈 앞에 장사도 있단다. 세유샘이 신규교사 시절에, 번화가에서 모텔을 운영하시는 어머니께서 돈 봉투를 가지고 오셨단다. 단호하게, "어머니! 죄송하지만 이 돈은 받을 수 없습니다. 어머니께만 받지 않는 것이 아니라, 제가 교직에 있는 한, 돈 봉투를 받는 일은 결코 없을 것입니다."라고 말씀드리며 거절하였단다. 이튿날 오후 수업 시간에 어머니께서 낑낑대시면서 아이들 간식으로 아이스크림을 46개나 가지고 오셨다. 밝은 표정으로 아이들에게 아이스크림을 나눠 주시고 가면서 나에게 "제가 모텔에서 오랜 기간 장사를 했는데, 돈 봉투를 거절한 분은 선생님이 처음이랍니다! 선생님이 우리 아이 담임선생님이라는 것이 정말 뿌듯하네요." 하셨단다. 돈의 힘이 대단하기는 하지만, 바른 길을 가고자 하는 사람의 의지를 꺾을 수는 없단다.

이제 곧 졸업인데, 누군가 조언을 해 주면 좋겠어요.

세 가지 관리를 잘해야 한단다. 먼저, '감정관리'를 잘해야 한단다. 인간은 '감정의 노예'이기 때문이지. 사실, 감정이라는 것은 반짝이는 햇빛이 비추면 자취도 없이 사라지는 일시적인 뜬구름, 먹구름에 불과하단다. 감정 관리에서 가장 중요한 것은 마음이 들뜨지 않도록 차분하게 가라앉히는 것이 참 중요하단다. 이런 마음을 어른들은 '평상심'이라고 표현을 하더구나. 다음으로 '시간관리'를 잘해야 한단다. 하나님은 공평하셔서 남녀노소 누구에게나 하루 24시간이라는 시간을 주셨지. 누구에게나 주어진 자투리 시간을 잘 활용하는 사람만이 인생의 승리자가 될 수 있단다. 마지막으로 '건강관리'를 잘해야 한단다. 한두 종목의 스포츠를 선택하여 꾸준히 운동을 하는 것은 몸과 마음을 건강하게 해 주는 비결이란다. 마땅한 운동꺼리가 없다면, 집주변이나 학교운동장의 트랙을 30분 정도 걷는 것도 좋지. 계속하여 걸으면 생각이 정리되면서 재충전의 좋은 기회가 될 수 있단다. 아무쪼록 인간에게 주어진 '세 가지 보물'을 잘 관리하여 지혜로운 인생을 살기를 바란다.

그린스무디 Q&A 28

공부를 하려고 하면, 자꾸 잡념이 생겨요.

당연한 것이란다. 우리는 기계가 아니고 자유의지를 지닌 생명체이기 때문이지. 세유쌤이 작년에 6학년 담임교사일 때, 경주로 수학여행을 다녀온 적이 있단다. 날이 어두워졌을 때 '안압지'라는 곳을 갔었는데 연못에 비친 안압지 건물이 무척 아름다워서 사진을 찍어 주변의 가까운 분들에게 발송한 일도 있단다. 무심코 보기에는 물결에 살랑살랑 흐느적거리는 연못속의 안압지가 아름답지만, **물속의 안압지는 실체가 아니라 허상이란다.** 마찬가지로, 잡념은 잡념에 머물러야 한단다. 잡념이 지속되고 점점 심해진다면 망상으로 변질될 수가 있단다. 과거의 미련을 끄집어내지 말고, '이미 지나가 버린 달력에 불과하다'라고 선포한 후에 살포시 잡념들을 내보내며 맑은 정신을 되찾기를 바란단다.

그린스무디 **Q&A 29**

지혜로운 인생을 사는 비법이 있는지요?

목표를 달성하는 것보다 **'과정의 기쁨'**을 맛보며 사는 것이란다. 아무리 거창한 목표라고 해도, 그것을 달성하고 난 후의 성취감은 잠시잠깐의 찰나에 불과하단다. 왜냐하면, 그 목표를 달성한 사람이 예상외로 많이 존재하며, 더 높고 가파른 산봉우리에 또 다른 특출난 사람들이 눈에 보이기 때문이란다. 결국 평생 동안 뭔가를 좇으며 살다가 정작 소중한 것들을 잃어버리거나 등한시하기 쉽기 때문이지. 반면에 '과정의 기쁨'을 만끽하며 살면, 목표를 달성하지 못한 경우에도 경험의 소중함에 자족하면서 행복한 삶을 영위할 수 있단다. 결국 지혜로운 인생은 마음의 기준을 세상의 잣대에서 자신의 내면세계로 바꾸는 것에서 출발한단다.

그린스무디 **Q&A 30**

저에게도 드디어 사랑하는 사람이 생겼는데, 어떻게 하면 좋을까요?

먼저, 축하한다. 사랑만큼 사람의 가슴을 뛰게 만드는 것도 없단다. 다만, 사랑은 물이 흐르듯이 자연스럽게 상대방에게 다가가는 것이 좋지, 한쪽이 부담을 느끼거나 거부감을 가진다면 가만히 제자리에 서있는 것이 나을 수도 있단다. 그런 의미에서 조급한 마음이 사랑의 가장 큰 적이라고 할 수 있지. 흔히, 누군가를 좋아한다고 하여 그 집 앞이나 주변에서 스토커처럼 행동한다면 오히려 사랑은 점점 멀어지고 집착으로 변질되고 말겠지. 진정한 사랑이란 때로는 제자리에서 묵묵히 기다려 줄 수도 있어야 한단다. 자꾸 조바심이 나거나 초조한 마음에 휩싸일 경우에는 '이 사람을 만나기 전에도 얼마든지 잘 살았었지! 하늘의 뜻이라면 우리 사랑은 이루어질 수 있을 거야'라고 자신을 진정시키기 바란다. **자신을 올바르게 세워야 비로소 다른 사람도 사랑할 수 있는 것**이란다. 진정한 사랑은 그 사람의 화려한 스펙과 비주얼 뿐 아니라, 내면의 아픔과 상처도 안아줄 수 있는 것이란다. 모처럼 찾아온 사랑이 아름다운 결실을 맺기를 나도 간절히 기원한단다. 부럽당~~ 부디, 알콩달콩한 썸을 타기를. ^^

그린스무디 Q&A 31

우리는 왜 많은 생명체 중에서 인간이라는 생명체로 태어났는지 궁금한데요?

첫째는, '하늘의 뜻'을 이루기 위함이고, 둘째는, '자신의 영적성장'을 위함이란다.

그린스무디 Q&A 32

왜 수많은 사람들이 잘못된 선택으로 시행착오를 겪나요?

얻는 것은 실제보다 크게 생각하고, 잃는 것은 실제보다 작게 평가하기 때문이란다.

그린스무디 Q&A 33

그 길이 저의 길인지 확신이 안서는데요?

진정, 자신의 길이라면 별 볼일 없는 무명이라도, 심지어 수모와 비난을 받아도 기꺼이 감당할 수 있는 것이란다.

그린스무디 Q&A 34

여전히 말이 많은 이유는요?

아직도 경청의 즐거움을 체험하지 못했기 때문이란다.

그린스무디 Q&A 35

워낙에 말솜씨가 없는데요?

자신이 하고 싶은 이야기보다 상대방이 듣고 싶은 이야기를 들려주면 끝!

그린스무디 Q&A 36

귀신이 무서운 이유는요?

우리는 그들을 잘 모르는데, 그들은 우리를 잘 파악하고 있기 때문이란다. 굼뜬 우리보다 행동도 훨씬 민첩하지. 일단, 피하는 것이 상책이란다.

그린스무디 Q&A 37

왜 '외로움'은 우리에게 절망감을 주나요?

스트레스 자체보다 아무에게도 말할 수 없다는 사실이 더 큰 스트레스로 다가오는 것이 현실이기 때문이란다. 에휴~

그린스무디 Q&A 38

저는 성격이 너무 급해서 탈이에요.

의도적으로 말을 천천히 해보렴. 따발총처럼 쏘아대는 말에서 조급한 성격이 형성될 수 있단다. 아울러 식사도 천천히 하면 더욱 느긋한 성격으로 탈바꿈할 수 있을 것이란다.

그린스무디 Q&A 39

성격이 급하여 일을 그르치는 경우가 많은데요?

목표를 조금 낮추거나, 기한을 약간 뒤로 미루기를 바란다.

그린스무디 Q&A 40

마음이 넓고 주변을 따뜻하게 보듬어주는 사람이 되고 싶어요.

자신의 자존심을 내려놓으면 가능하단다. 따뜻한 길에서 자존심은 걸리적거리기만 하는 돌부리에 불과하지.

그린스무디 Q&A 41

식욕을 억제하지 못하고 '패스트푸드'를 먹는 경우가 많은데, 몸에 좋지 않을까 봐 걱정이에요.

먹는 것도 '수행'이란다. 왜냐하면 우리가 먹는 것이 곧바로 우리의 살과 피가 되기 때문이지. 아무래도 인스턴트 음식보다는 신선한 채소와 과일을 섭취하는 것이 우리 몸을 맑게 변화시키겠지.

그린스무디 Q&A 42

인간관계로 많은 어려움을 겪고 있는데요?

불변의 진리를 소개하고 싶단다. '내가 먼저 마음을 열고 변하지 않는다면, 세상은 결코 변하지 않는단다' 또 한 가지 Tip은 '말조심'을 해야 한단다. '자랑질&뒷담화'를 버리고, '고마움&소중함'의 말을 많이 쏟아내길 바란다.

그린스무디 Q&A 43

도대체 '인생'이란 무엇인지 궁금한데요?

한 단어로 군이 표현하자면, '길'이란다. 뻥 뚫린 고속도로, 국도, 지방도, 신작로, 골목길, 오솔길, 산책로, 올레길 등 다양한 길이 존재하듯이, 우리에게도 각양각색의 수많은 인생이 펼쳐있지. '터벅터벅', '허겁지겁', '차근차근' 등 인생길을 가는 방법에도 다양한 방법이 있단다.

그린스무디 Q&A 44

경험'이 왜 그렇게 중요한지 궁금한데요?

아무리 복제기술이 발전을 하여 인간을 복제한다고 해도, 눈에 보이지 않는 마음이나 영혼 등은 복제할 수 없기 때문이란다. 자신이 경험한 것이 오롯이 쌓여 내공과 자신감으로 차곡차곡 축적된 경지는 결코 범접할 수가 없단다.

왜 이렇게 끊임없이 힘든 일이 계속하여 일어나는지요?

그릇을 키우기 위한 하늘의 뜻이란다. 하늘은 여러분이 생각했던 것보다 더 크고 비밀한 계획들을 인생에 투입시키고자 미리 '예방주사 프로젝트'를 진행하고 있단다.

결국 '최후의 승자'는 누가 되는지요?

최종적으로는 '견딤지수'가 높은 사람이 승리를 거머쥘 수 있단다. 왜냐하면, 끝까지 이를 악물고 견디며 버티는 사람은 그 누구도 당해낼 수 없기 때문이란다.

저의 삶에서 '기적'을 맛보고 싶은데, 비법은요?

'칭찬데이'를 하루 잡아서 운영해 보렴. 그날만큼은 '칭찬, 인정, 격려'만 말해 주는 날이란다. 다음 주부터 일주일에 하루씩 실천해 보는 거야!!

그린스무디 Q&A 48
여러 복잡한 문제로 고민을 하며 많이 방황하는데요?

축구선수의 목적은 골을 넣는 것이지, 무조건 볼을 세게 차는 것이 아니란다. 골키퍼가 미처 자리잡지 못한 빈 공간으로 가볍게 툭~ 골을 넣어야 목표달성이 되겠지. 일단, 하고 싶은 분야를 세분화시켜서 구체적인 목표를 가지고 '틈새 공간'을 찾아 보렴. 어느 순간에 창의적인 길이 열린단다.

그린스무디 Q&A 49
친하게 지내고 싶은 친구가 있는데, 마음문을 열지 않는데요?

먼저, 그 친구가 소중하게 생각하는 가치나 분야를 같이 존중하며 공유할 수 있어야 한단다. 아울러 '나는 너의 이런 점과 저런 점이 참 부럽당~' 등의 닭살 멘트를 날려 주기 바란다.

그린스무디 Q&A 50
인생이나 생명은 왜 그렇게 소중한지요?

인생은 한 번밖에 살지 못하고, 생명은 단 하나밖에 없는 희소성을 가졌기 때문이란다.

그린스무디 Q&A 51

매사에 몸이 찌뿌둥하고 피곤을 달고 사는데요?

스마트폰 사용을 30% 이상 줄이렴. 그 시간에 간단한 스트레칭 체조나 눈을 살며시 감고 아름다운 자연을 편안한 마음으로 떠올리는 명상을 하기 바란다. 눈이 피곤하면 만사가 귀찮단다.

그린스무디 Q&A 52

아침부터 일이 꼬이면서 하루 종일 안 좋은 일만 일어나는 데요?

(포토타임! 독자 분들은 아래의 내용을 휴대폰으로 사진을 찍어 기억하면 좋을 것 같습니다.)

집에 들어온 후에, 다이어리에 크게 '2015년 최악의 날'이라고 쓴 후에, 두 다리 뻗고 잠자리에 들어가렴. 다음 날 아침에 일어나서는 '어제의 내가 아니다'라고 크게 외치고 하루를 시작하길 바란다. 이제는 오를 일만 남았단다.

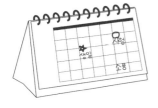

그린스무디 Q&A 53

괜찮은 힐링 방법이 있다면 추천해 주세요?

가끔은 물끄러미 하늘을 바라보는 것이지. 이왕이면 완전히 누운 자세로!

그린스무디 Q&A 54

요즘 많은 사람들이 숲이나 산을 찾는 이유는요?

숲이나 산에 가면 인간만이 주인공이 아니라는 사실을 일깨워 주기 때문이란다.

그린스무디 Q&A 55

생을 순리대로 살고 싶으면 먼저 어떻게 살아야 할까요?

누가 보든지 안 보든지 교통신호부터 제대로 지키는 생활습관을 길러야 한단다.

그린스무디 Q&A 56

지금 당장 필요한 것은 무엇이지요?

이런 일도 있고, 저런 일도 있고, 이런 사람도 있고, 저런 사람도 있고 조금 더 여유로운 마음이지.

그린스무디 Q&A 57

인생만사, 초월적인 삶을 살고 싶으면요?

간단하지. 주변의 모든 숫자를 개의치 않으면 된단다.

그린스무디 Q&A 58

잘못된 선택은요?

자신의 체질이나 상황을 고려하지 않고, 남이 한다고 덮어 놓고 따라가는 선택은 나중에 후회가 쓰나미처럼 밀려온단다.

그린스무디 Q&A 59

계획을 세우거나 결심만 하다가 허송세월을 보내는데요?

자신의 체질과 현실 상황에 대한 정확한 진단이 우선이지. '오진' 상태에서 세우는 계획이나 결심은 오래 가지 못하고 계속 헛바퀴만 돌 뿐! 현실을 올바로 직시하는 것이 급선무란다.

그린스무디 Q&A 60

무슨 결심만 하면 작심삼일인데요?

자신의 방에 지나간 달력의 뒷면을 붙인 후에, 흰 바탕 위에 ♡ 표시를 수십 개 그려 보렴.

결심을 지킨 날에만 ♡표시 한 개씩 색연필로 색칠을 하길 바란다.

그린스무디 Q&A 61

성공보다도 중요한 가치는요?

본분을 다하며 올바른 방향으로 가고 있는 것이란다.

그린스무디 Q&A 62

혹시 성공을 못해도 후회가 없으려면요?

자신이 하고 싶은 것, 묘하게 끌리는 것을 원없이 실컷 하고 나면 후회가 적어지겠지.

그린스무디 Q&A 63

왜 이렇게 이성친구들에게 인기가 없는지 고민이에요.

남녀 사이에는 '거꾸로 법칙'이 존재한단다. 너무 집착하고 다가가면 상대방은 본능적으로 한 걸음 뒤로 물러간단다. 오히려, 이성에게 관심을 끄고 자신만의 매력을 키우기 위해 노력한다면 이번에는 거꾸로 상대방이 자연스럽게 자신에게 다가온단다.

그린스무디 Q&A 64

후회 없는 학창시절을 보내는 비법은요?

여러분에게 주어진 가장 소중한 보물은 '시간'이란다. 다시 돌아오지 못할 학창시절을 자기 자신을 가치 있게 만들고, 아름다운 세상을 만드는 데 기여하는 데 시간을 보낸다면 먼 훗날에도 결코 후회하지 않을 것이란다.

4장

아이스
아메리카노

해피노트 생활편

아이스 아메리카노 생활 **1**

눈물이 난다 ('세월호' 침몰)

무능함에   허망함에

먹먹함에

뻔뻔함에

속상함에

죄책감에   숙연함에

초라함에

생살이 찢어지는 아픔에,

그냥 눈물이 난다

허둥지둥에

초기대응에   속수무책에   망연자실에

어이없음에

부끄러움에   노란리본에

가슴아림에

무기력함에

살아 있는 것이 너무 미안해서,

하염없이 눈물이 난다

아이스 아메리카노 생활 2

지금

🌸 **포토타임! 독자 분들은 아래의 내용을**
휴대폰으로 사진을 찍어 기억하면 좋을 것 같습니다.

고난지수 업데이트 중

'지금까지'보다 '지금부터'가 중요한

인생의 수술대 위에서 수술 받는 중

마음과 인격을 다듬고 또 다듬을 때

이 길로? 저 길로? 갈림길에 서 있는

소탐대실(小貪大失)하지 않도록 유념할 때

베일에 싸인 것들이 조금씩 모습을 드러내는

마음을 풀고 먼저 손을 내밀며 서로 사랑할 때

시련

엎친 데 덮친 상황이 지속되고 있는지?

뭔가 〈가르침〉을 주고자 하는 것이다.

세밀하게 살펴보기를~

탈바꿈1- 눈뜨자마자

아침에 눈뜨자마자, 무슨 말이나 생각을 하는지?

나의 경우에는 아침에 눈을 뜨자마자 자신과 세상을 향해 선포

한다.

"어제의 내가 아니다"

탈바꿈2- D.C.T(Dreams Come True)

🕯 진정으로 D.C.T(Dreams Come True)하고 싶다면, 해답은 '토요일'에 있다. '토요일'을 허투루 보내지 말고, 승부를 걸기를!

🕯 진정으로 D.C.T(Dreams Come True)하고 싶다면, 해답은 '표정'에 있다. '썩소'를 '미소'로, '죽을 상'을 '스마일'로, '의기소침'을 '생기발랄'로 당당하게 바꾸는 것에 승부를 걸기를!

🕯 진정으로 D.C.T(Dreams Come True)하고 싶다면, 해답은 '역발상의 법칙'에 있다. 이루고 싶은 것이 일이든지, 사랑이든지 조급하게 집착하는 것보다. 오히려 은근하게 멀리하는 전략에 승부를 걸기를!

🕯 진정으로 D.C.T(Dreams Come True)하고 싶다면, 해답은 '자신'에게 있다. '자신'과의 싸움에서 이겨내야 결국, 실제 진검승부에서도 당당하게 승리할 수 있다.

아이스 아메리카노 생활 6

나

만신창이

습관의 노예

마음이 여린   자신이 미운

상처투성이

자기밖에 모르는

'진정한 나'를 대신하여 육신을
지배하는 가짜 주인   예민한

넘어질 수밖에 없는 존재

욕망을 추구하는 고기 덩어리

현재 감정의 지배를 받는 찌꺼기

아침이슬, 안개처럼 잠시 있다가 여
차하면 사라지는 솜털먼지

아이스 아메리카노 생활 **7**

사랑

얼굴이 빨개짐

설레임~

끌림~

면발치

예사롭지 않은 눈빛~

유의점: 농락당하지 않도록 제발~

나이를 초월함~

아무리 퍼마셔도 마르지 않는

페놀프탈레인이 염기성 용액을 붉게

물들이듯이, 마음도 붉게 물들이는

아이스 아메리카노 생활 **8**

슬럼프

극심한 슬럼프에 빠질 경우에는 서점에서 다양한 '체험수기'를 구입하여 밑줄 그으며 읽어 보면 커다란 위로와 재충전의 계기를 삼을 수가 있단다. 나는 총각시절 구입한 아래의 책들을 결혼한 후에도 이사를 가는 경우에도 버리지 않고 보관하며 힘든 시기마다 꺼내 보며 기운을 차리지.

① 내 삶의 소중한 선택**(검정고시 합격수기, 1996년)**

② 다시 태어난다 해도 이 길을**(고등고시 합격수기, 1996년, 중판)**

③ 저의 힘을 다하였나이다**(고등고시 합격수기, 1992년)**

④ 봄을 기다리는 자목련**(방송통신대학 학생체험수기, 1988년)**

아이스 아메리카노 생활 9

TV공익광고 중에서

2005년도 초에 방영되었던 TV공익광고 〈긍정의 힘을 믿습니다〉를 소개하고자 한다.

노숙자 출신 CEO가 "너무 늦었다"를 바꾸어서

"지금이 아니면 일어서지 못한다"라고 말하고,

휠체어를 타는 장애인이

"휠체어는 단지 안경과 같을 뿐이다"라고 선언한다!

아이스 아메리카노 생활 10

그 시간에

걱정하고 두려워 할 그 시간에 대비할 포트폴리오를 짜기를.

걱정과 두려움이 한결 감소됨을 느낄 것이다.

아이스 아메리카노 생활 11

태풍(=고난)

① 일상적인 삶의 터전에 엄청난 피해를 줌

② 잠잠하면 오히려 불안함

③ 평안하면 '태풍전야'로 보면 얼추 맞음

④ 중심기압과 풍향속도 등으로 소형, 중형, 대형으로 분류됨

⑤ 아무리 강력한 대형태풍이라 해도 **'결국은 소멸됨'**

⑥ 결국, 평소의 소중함을 깨닫게 하기 위함

⑦ **다시 태어나기에 충분한**

아이스 아메리카노 생활 12

태풍(=고난)2

태풍 곤파스(2010년), 볼라벤(2012년)의 강풍에서 느낀 점은, 창문을 마음껏 열고 닫을 수 있는 것조차 감사할 수 있는 조건이 된다는 것이다.

무시당함

하수 무시당하는 것에 '다시는 절대로'라는 표어 아래, 상황에 포위당하여 혈기를 부리거나, '깨갱' 하면서 혼자서 삭힘. 즉, '나는 하수다'라고 〈티〉를 냄.

고수 무시당하는 것에 '위기를 기회로'라는 표어아래, '자아성찰'의 계기로 삼음.

초고수 무시당하는 것에 '이런 때일수록'이라는 표어아래, 감정을 초월하여 '더 악화된 상황'과 대비시켜서 오히려 감사를 드림.

최강고수 무시당하는 것에 '우이독경(牛耳讀經)'이라는 사자성어 아래, 한쪽 귀로 듣고, 한쪽 귀로 흘림. 즉, 전혀 '개의치' 않음.

교훈

천편일률적인 학교 교훈에서 벗어나 신선한 교훈들이 많아졌다. 예를 들어, 〈멀리 보고 크게 생각하자〉, 〈처음 마음의 변함없는 실천으로 꿈을 이루자〉 등 자신이 다니는 학교의 교훈을 한 번씩 마음에 되새기는 시간을 가져 보고 아울러 교가도 힘차게 불러 보자♬ 이게 모두 영화 '써니' 덕분?

아이스 아메리카노 생활 15

순리(順理)

5살 아이가 엄마에게 투정을 부린다.

"엄마, 아이스크림 지금 먹고 싶어요."

엄마가 대답한다.

"지금은 식사가 차려 있으니, 밥을 먼저 먹고, 아이스크림을 먹자."

순리(順理)의 의미를 눈치 챘는지?

(밥을 먼저 먹고, 아이스크림을 먹는 것처럼),

제대로~ 차근차근~ 절차를 밟아 가는 것이 바로 '순리(順理)'이다.

마치, 십자가의 고난 뒤에 부활의 영광이 있고,

출산의 아픔 뒤에 생명의 소중함이 있는 것처럼!

아이스 아메리카노 생활 **16**

하수

● 조급한   ● 자세가 삐딱한

● 호들갑을 떠는

● 변명을 늘어놓는

● '자랑질' 하기에 급급한

● 스스로 절제하는 것이 불가능한

● 어디를 가든지 '편 가르기'를 하는

● 화장실 들어갈 때와 나올 때가 확연히 다른

아이스 아메리카노 생활 **17**

고수

● 말수가 적은

● 자신을 드러내지 않는

● 한 치의 흐트러짐도 없는

● 진짜 고수를 한눈에 알아보는

● '일희일비(一喜一悲)' 하지 않는

● 어려울수록 묵묵히 원칙을 지키는

겸손

- 내일 일이 어찌될지 모르기에
- 자신의 판단이 틀릴 수도 있다는 사실을 인정하는
- 누구에게나 벤치마킹할 점이 있다는 사실을 인식하는
- 비판을 받을 때, '**나는 그 비판보다도 더 못나고 부족하다**'
  라고 생각하는

급선무

폭풍 같은 위기가 거듭하여 몰려온다면, 기막힌 행운이 불시에 찾아온다면, 가장 급선무는 '**중심을 잡고 자신을 똑바로 세우는 것**'이다.

말=껌

말을 하는 것은 껌을 내뱉는 것과 같다. 껌을 함부로 거리에 뱉지 않고 화장지에 잘 싸서 버리듯이, 말도 입안에서 포장을 하여 밖으로 배출되어야 한다. 왜냐하면, 껌이 다른 사람의 옷에 달라붙어 피해를 주듯이, 말이 다른 사람의 마음에 달라붙어 상처를 주기 때문이다.

아이스 아메리카노 생활 **21**

마음가짐

오래 전에 TV에서 특전용사 동계훈련을 시청하였다. 영하 10도 이하의 강원도 산의 좁은 땅속에서 5명이 한 조를 이루어 1주일간 생활하는 훈련이었다. 생리적인 현상들도 그 안에서 해결하고, 식사도 생고구마로 해결하면서 1주일을 연명하였다. 특히, 아내가 딸을 출산했는데도, 훈련 때문에 갈 수가 없었다. 하늘에서 뛰어내리고, 얼음물에서 포복하는 특전부대 훈(訓)은 바로 〈안되면 되게 하라〉이다. 지금 힘들다면, 1주일간 〈특전용사 동계훈련〉에 참여한다고 생각하고 정신 바짝 차려 1주일을 열어가기를! 뭔가 돌파구가 마련될 것이다.

아이스 아메리카노 생활 22

멈춤보다 천천히

힘들면 멈추지 말고, 속도를 낮추어 천천히 걸어야 한다. 한 번 멈추면 다시 출발하기에 많은 시간이 소요되기 때문이다.

아이스 아메리카노 생활 23

수험생들에게 보내는 편지

혹시, 몇십 대 일, 몇백 대 일의 경쟁을 뚫어야 하는 '바늘구멍'과 대면하고 있습니까?

현실은 냉정하기 때문에, 무조건 성실히 노력만 한다고 바늘구멍을 통과할 수는 없답니다.

얼마 전, 우리 반 아이가 미술시간에 땀을 뻘뻘 흘리며 흰도화지에 흰색 물감으로 색칠을 하고 있더라고요.

노력할수록 헛수고이고, 의미가 없는 행동이랍니다.

그렇다고, 그동안 한 것이 아까워서 이러지도 저러지도 못하는 '진퇴양난'의 상황으로 빠져드는 것이지요.

이런 경우에는, 얼른 초록색 도화지로 판을 바꾸든지, 더 늦기 전에 분홍색 물감으로 전략을 바꿔서 칠해야겠지요.

마치, 콘크리트에 못질을 하는 경우에 망치와 못만 가지고 박으면, 조금 들어가다 계속 못이 튕겨나오기만 하는 사례(=구시대 전략)와 비슷합니다.

새롭게 '드릴'이라는 도구(=창의성)를 추가로 투입하여 **구멍을 내야** 비로소 뚫리는 이치와 같습니다.

진정으로, 바늘구멍을 통과하고 싶다면,

① 물이 새지 않도록, **꼼꼼하고 치밀한 준비**

② **차별화되고 창의적인 콘텐츠**

③ **기가 막힌 타이밍**의 삼박자가 접합점을 찾아야 한답니다.

조급하게, 마음먹지 마시고, **제대로, 꼼꼼하게** 전략을 실행하다 보면, 봄에는 어느새 기초가 쌓이고, 여름에는 어느 정도 가닥이 잡히며, 연말에는 '가시적인 성과'를 낼 수 있을 것입니다.

기운 내세요. 노력자체만으로도 이미 여러분은 지금도 충분히 멋지시답니다.

거수경례

어떤 군부대는 거수경례 구호로 〈필승〉, 〈단결〉, 〈통일〉, 〈태풍〉 등을 사용한다 내가 담당했던 RCY(청소년적십자) 단원들은 〈봉사〉로 거수경례를 한다. 컵스카우트는 〈준비〉로 거수경례를 한다. 자, OO님 가족도 오늘 모여서 거수경례 구호 하나 정해서 제창하면 좋을 것 같다.

충전타임

아무리 성능이 좋은 최신식 스마트폰을 가지고 있다고 해도 충전을 하지 않는다면 그 기능을 이용할 수 없을 것이다 사람도 마찬가지이다. **매일 30분 전후로 '충전타임'을 정하여 휴식도 취하고, 스트레스도 해소하는 일정**이 꼭 필요하다. 왜냐하면 '2보전진을 위한 1보후퇴'는 인생의 좋은 전략 중 하나이기 때문이다.

충전타임은 자신의 생활, 신앙에 맞추어 요일별로 다양하게 계획을 세워서 실행하면 좋다.

예를 들어

- 🌑 **월요일** 음악감상 타임

- 🌑 **화요일** '동네한바퀴' 숲 산책 타임

- 🌑 **수요일** '미드' 시청 타임 또는 줄넘기 타임

- 🌑 **목요일** 뒹굴뒹굴(맛있는 것을 먹으며, 이불 속에서

  푹~쉬는) 타임

- 🌑 **금요일** 명상 타임 또는 가족 간의 대화 타임

- 🌑 **토요일** 독서 타임 또는 친구랑 수다 타임

- 🌑 **일요일** 윈도우 쇼핑 및 사람들 구경 타임 등

중요한 것은 자신의 스트레스는 자신이 평소에 관리하면서, 그
때 그때 해소해야 하며, '충전타임(30분 전후)'은 **본인의 노력으**
로 확보해야 한다는 점이다.

시각의 종류

부정적 시각

어라,

물이 절반밖에 없네^^;;

객관적 시각

그래,

물이 절반이 남았구나!!!

긍정적 시각

와~,

물이 절반이나 있네*^^*

다시는 절대로

그동안 살아오면서 후회와 아쉬움이 많다면, 그만큼 비례하여 교훈과 벤치마킹할 점도 많다는 것을 기억하고 '다시는 절대로'의 삶을 살아나가길.

그들은 엑스트라에 불과할 뿐!

구약성경을 읽어 보면,

'요셉'이라는 사람의 스토리가 등장한다.

십대 시절에 형들이 아버지 모르게 상인들에게 요셉을 팔아넘긴다.

노예로 살던 청년 시절에는 여주인의 억울한 모함을 받아 감옥에 갇히는 신세가 되고 만다.

하지만, 요셉은 왕의 꿈을 유일하게 해몽하며 나라를 구하고 국무총리가 되는 반전을 이룬다.

마치 다윗의 스토리에 거대한 골리앗은 그저 스쳐 지나가는 역할에 불과하듯이,

요셉을 팔아넘긴 형들이나, 억울한 누명을 씌운 여주인은 요셉을 성공하게 만든 스토리의 엑스트라에 불과하다!

누가 여러분에게 아픔과 상처를 주는 사람들이 있다면, 그들에게 담대하게 선포하라!

"너희는 100쪽에 달하는 내 성공스토리의 한 쪽에도 미치지 못하는 엑스트라에 불과하다!!!"

아이스 아메리카노 생활 **29**

행복한 청소년 십계명

서울 덕원중학교 2학년 학생이 작성한 행복한 청소년 십계명을 소개하고자 한다.

〈행복한 청소년이 되기 위한 십계명〉

1. 한 달에 한 번쯤은 사랑하는 친구들에게 편지 써 보기!

2. 이렇게 😊 활짝 웃기!

3. 삼삼오오 모여 앉아서 오늘 자기가 행복했던 일 말하기

4. 사랑으로 친구나 주변사람 대해 주기!

5. 오래오래 살 생각하면서 미래에 대해 진지하게 고민해 보기!

6. 육개장 같은 맛있는 음식 먹으러 일주일에 1번 정도는 밖에 외출하기!

7. 칠칠치 못한 자신의 모습도 격려하고, 응원하기!

8. 팔팔한 10대의 추억 많이 쌓기!

9. 구구절절 말 늘어놓지 말고 주변에서 행동 찾기!

10. 십계명 책상 앞에 붙여놓고 학교오기 전에 읽어 보기!

(출처, 2013. 2. 16. 경향신문)

아이스 아메리카노 생활 **30**

영(靈)

악신이든지 귀신이든지 어떤 영(靈)과 마주보고 있는지? 두려워하면 이미 그 영의 포로가 되는 것이다 그들이 ○○님을 두려워하게 만들기를! 그렇게 하려면, 방법은 딱 한 가지. **순리(順理, 하늘의 뜻)를 행하고, 정도(正道)로 가는 것뿐이다.**

시험

아이들이 "선생님, 시험 없는 세상에서 살고 싶어요"라는 말을 입에 달고 학교생활을 한다. 나는 다음과 같이 판에 박힌 답변을 한다.

"시험이 부담되는 것은 사실이지만, 유익도 참으로 많단다. 불우했던 환경을 딛고 '사법시험'에 합격하여 훌륭한 법조인이 될 수 있고, 너희가 그렇게 되고 싶은 연예인도 '오디션시험'을 통과하면 얼마든지 멋진 미래가 열릴 수 있단다. 치밀하고 꼼꼼하게 오랜 기간 준비를 한 사람에게는 시험이 오히려 기다려진 단다. 왜냐하면, **시험은 꿈이 현실이 되게 만드는 통로**이기 때문이란다. 즉, 지혜로운 사람은 '시험을 기회로' 만들 줄 아는 사람이란다."

P.S 간과하기 쉬운 것은 시험 이후가 더 중요하다는 사실이란다. 자신이 부족한 과목이 무엇인지, 어느 단원을 더 보충해야 할지를 정확하게 알려주는 것이 바로 시험이란다. 정확하게 시험을 분석하여 향후 대책을 세운 사람에게 시험은 시험이 아니라 오히려 마음껏 갈고 닦은 기량을 발휘할 수 있는 '깔려있는 멍석'이 된단다. 인생의 시험도 마찬가지란다.

아이스 아메리카노 생활 **32**

극복

세상을 살면서 반드시 극복해야 할 점 두 가지는 첫째, 〈잘난체〉 일명 '자랑질'하면서 과시하고 싶은 욕구이다 둘째, '쌤통이다' 심보이다. 여간해서는 극복이 잘 안되겠지만, 누구보다도 자기 자신을 위하여, 나아가 가정과 인류평화를 위해서라도 꼭 극복해야 한다.

아이스 아메리카노 생활 33

나무&숲

나는 몇 년 전에 학교업무로 '독서교육'을 맡은 적이 있다. 연말에 교육청에서 독서교육 유공교원을 표창한다고 하여 개인적인 공적을 올려서 상을 받은 적이 있다. 하지만, 일주일 정도를 부끄러워서 고개를 못 들고 다녔었다. 왜냐하면, 나는 개인적인 공적을 신청하였지만, 과학교육 업무를 맡은 선생님은 개인적인 표창을 포기하고, 학교 실적으로 올려서 학교표창을 받게 했기 때문이야. 교장선생님과 교감선생님 그리고 동료 교사들이 보기에 누가 더 바람직하겠는가? 아무도 나에게 충고하는 사람은 없었지만, 전체 숲인 학교공동체를 보지 못하고, 부분 나무인 개인의 이익만 생각했다는 자책감에 한동안 시달렸다. 가정에서는 자신의 자존심보다 '가정의 평화'가 우선이고, 일터에서는 개인의 영달보다 '공동체의 발전'이 우선되어야 바람직하다고 할 수 있는 거지.

아이스 아메리카노 생활 34

자세1

　담임교사로서 학급의 예의바른 학생을 보면, 자세가 바른 학생
이다. 삐딱하게 앉은 학생이 예의바른 학생이 될 확률은 거의 없다.
어떤 면에서 보면, 진실이나 사실보다도 중요한 것이 '자세'이다.

아이스 아메리카노 생활 35

자세2

　세상에서 진실의 힘은 위대한다. 진실은 어느 경우이고 본래의
모습을 드러내기 때문이다. 하지만, 진실보다 중요한 것이 바로〈
자세〉이다. 아무리 진실을 말한다고 해도 자세나 태도가 불손하
다면, 그 진실은 색이 바래질 수 있다. 뭔가 변화와 돌파구를 모
색하신다면, 먼저 **자세부터 공손하고 예의 바르게** 바꿔 보기를.
수련하시는 분들이 푹신한 침대나, 흔들의자에서 하지 않고, 굳
이 다리를 꼬면서 가부좌 자세를 하는 이유를 생각하길 바란다.
또한, 태권도에서 곧바로 화끈한 격파나 겨루기로 들어가지 않
고, 먼저, 품새를 충분히 반복하여 익히는 것은 자세가 그만큼 중
요하기 때문이다. 즉 자세가 기본 중의 기본인 셈이지.

아이스 아메리카노 생활 36

비움

자꾸 '비우라, 비우라' 하는 말에 정신없는지? 진정한 비움은 세상에 아무 미련이 없는 것이다 즉, '얽매이는 것이 없다'는 말이다.

아이스 아메리카노 생활 37

뽀루지의 법칙

자꾸 신경 쓰고 의식하면 뽀루지에 덧이 나며 더 커져 있고, 없는 셈치고, 무시하면 어느새 저절로 가라앉아 있다 걱정, 불안, 두려움도 마찬가지일 거야.

아이스 아메리카노 생활 38

시간

조금이나마 시간에 여유가 있다면, 그 시간을 자신을 가치(價値)있는 사람이 되려고 노력하는 데 쓰기를.

신중

사람이 장래에 대하여 말(입바른 말)을 할 때는 참으로 **신중하게 말해야** 한다. 학교를 옮기시는 선생님이 다른 학교로 전출 간다고 하여 송별회까지 해줬는데, 결국 못가고 남게 되어 서로 민망한 적이 여러 번 있었다. 선거든지, 인사 문제라든지 장래일(특히, 신상에 관하여는 더욱)을 함부로 말하지 말기를.

총명(聰明)

총명한 사람은 **항상 말을 신중하게 조심하는 사람**이다. **말에는 책임이 따르기 때문**이다. 반대로, 말을 함부로 뱉어내는 사람은 참 미련하고 가벼운 사람이 될 것이다.

고인추모

너무 슬프다고 눈물 많이 흘리지 말기를. 떠나가신 고인의 영혼은 더 애통하여 피눈물이 넘치게 된다. 이제 그만 훌훌 털고 일어나 '세상에 유익을 끼치며 바르고 성실하게 살아가는 것'이 하늘에서 바라보는 고인의 뜻임을 깨닫기를.

등골이 오싹~

숲 속의 오솔길을 혼자서 걷고 있는데, 크고 시커먼 개 한 마리가 맞은 편에서 오고 있었단다. '허걱' 하면서 주변에 돌이나 막대기를 찾아보아도 마땅한 것이 없었지. 다행히 KBS '위기탈출 넘버원'의 방송을 참조하여 혼자서 개를 만나면 어떻게 행동해야 하는지 아이들에게 몇 번이나 강조하여 가르쳤던 경험이 있어서, 당황하지 않고 실전에 들어갈 수 있었다. 먼저, 크고 사나운 개들은 움직이는 것을 사냥감으로 알고 무조건 공격한다는 것을 떠올렸단다. 그리고 등을 보인 채 움직이지 않고 가만히 서 있었지. 두 손을 깍지 낀 다음에 뒷목을 감싸며 눈을 마주치지 않고 아래

를 바라보았단다. 다행히 커다란 개가 내 앞에서 길이 아닌 비탈
진 곳으로 내려가서 안도의 한숨을 내쉬었단다. 지금 생각해봐도
'등골이 오싹~'하다. 제발, 개를 묶어 놓고 키웠으면!

아이스 아메리카노 생활 **43**

공감

궁금한 것을 문자로 문의하시는 학급의 부모님들께 자주 보내
는 나(담임교사)의 답장 문자 끝부분은 주로 **'저도 집에 가면 학부
모입니다'**라는 내용이다.

아이스 아메리카노 생활 **44**

소풍(현장학습)의 힘

오래 전에 우리 반 학생의 일기장에 나온 글이다 '요즘 너무 힘
들다. 학교에서도, 학원에서도, 집에서도 제대로 되는 것이 하나
도 없다. 에휴, 심지어 동생까지 나를 무시한다. 하지만, 조금만
참자. 이틀 밤만 지나면 기다리던 소풍이다. 그래, 나에겐 희망이
있다!' 이제 알겠는지? '소풍의 힘'을.

공정의 힘

시간이 날 때마다 아이들에게 이렇게 당부를 한다. "여러분이 집에 가서 부모님에게 선생님에 대하여 공부도 잘 가르치지 못하고, 외모도 형편없으며, 성격도 좋지 못하다고 말씀드려도 괜찮아요. 마지막으로 '**하지만 우리 선생님은 우리를 차별하지 않고 공정하게 대해 주세요**'라고만 멘트를 날려준다면, 선생님은 정말 기분 좋을 것 같아요."

● '공정'의 포스가 느껴지는지 공정은 다른 모든 항목을 포기해도 끝까지 포기 못하는 가치 중의 최상급 가치이다.

아이스 아메리카노 생활 **46**

돈의 힘

할머니 기일을 맞이하여 납골공원에 갔다. 바로 옆에서 땅에 어느 분의 봉안을 하고 있었다. '유족들이 얼마나 마음이 아프고 슬플까?' 생각하고 있는데, 유족들의 말소리가 귓가에 들려왔다. "도대체 이 납골공원은 돈을 얼마나 많이 벌었을까?" "봉안 1개에 얼마이고, 수천 개가 모셔져 있으니 엄청 벌었겠지!" 어쩌면, 고인의 영혼이 아직 주변을 맴돌고 있을지도 모르는 그 순간에, 가장 경건해야 할 이별의 마지막 순간에도 대화의 내용은 오로지 '돈, 돈, 돈!'이었다.

아이스 아메리카노 생활 **47**

스포츠의 힘

스포츠의 위대함을 느끼는 순간은?

보수와 진보로 나누어져 그렇게도 상대방을 향해서 공격할 경우에도, 월드컵, 올림픽의 스포츠 경기를 할 시점에는 모두 한 마음이 되어서 응원하더라.

좋은 습관

좋은 습관 하나를 추천하고자 한다. 상대방과 전화통화가 끝나고, 먼저 전화를 끊지 말고, 상대방이 끊은 다음에 끊는 습관을 길러 보기를. 특히, 어르신과의 전화통화에서는 당연한 예의범절이다.

안타까움

학급의 담임교사로서 가장 안타까운 점은 힘이 약한 아이들끼리 괴롭히고 싸우는 것이다. 서로 힘을 합쳐도 모자랄 판국에.

AT&AS

현재 나의 소원과 희망은 〈AT〉가 되는 것이다. 〈AT〉는 ET 외계인의 형이 아니고, 〈Angel Teacher, 천사 교사〉이다. 학교에 적응하기 힘들어 하고, 가정형편이 어려운 아이들에게 〈학교아빠, 학교친구〉가 되어 주는 〈AT〉. 여기에 나의 신명을 바치려고 한다. 우리 모두 사회의 〈A□〉가 되어야겠다. 예를 들어, □에 N이 들어가서 〈AN〉이 된다면, 〈Angel Nurse, 천사 간호사〉라고 불러야겠지. 여러분도 모두 〈Angel Student, 천사 학생〉이 되기를!

사노라면

사노라면, '이 기회를 놓치면, 평생을 후회할지 모른다'라는 시기가 반드시 온다.

아이스 아메리카노 생활 52

절실

인간의 속성상, 잘했을 경우 칭찬받는 것보다, 잘못했을 경우 격려받고 싶은 것이 더 절실하다.

아이스 아메리카노 생활 53

허준

허준에 관한 책이나 영상물을 보면 스승인 유의태의 자녀와 같이 한양으로 시험을 보러 길을 떠난다. 가다가, 역병이 돌자 허준은 시험을 포기하고 마을 사람들을 치료해 주고, 유의태의 자녀는 그대로 한양으로 가서 시험을 보고 합격을 한다.

'누가 옳고 그르다'를 이야기하려고 하는 것이 아니고, 〈가치판단(價値判斷)〉의 우선순위를 한 번쯤 생각해야 할 시기인 것 같다. 판단은 〈후세〉에 부끄럽지 않기를.

아이스 아메리카노 생활 54
자유의지=양날의 칼

어떤 상황에서든지 감사하는 사람이 꼭 있기 마련이고, 같은 상황에서도 불평하고 원망하는 사람이 꼭 생기기 마련이다. 여러분은 어느 쪽을 선택하겠는지?

아이스 아메리카노 생활 55
배우는 입장

방학 때, 연수를 받았다. 가르치는 입장에서 배우는 입장으로 피교육자가 되어 보니 여러 가지 깨달은 점이 많았다.

- 우선 '가르치는 사람은 친절해야겠다'라는 생각을 가졌다.

- 둘째, '성실하게 가르쳐야겠다'라고도 느꼈고

- 셋째로는 '배우는 사람들을 최대한 공정하게 대해야겠다'라는 가르침을 받았으며

- 마지막으로는 '실력이 있어야 배우는 사람들로부터 권위를 인정받는 것'이라는 깃도 깨달았다.

- 나중에 누군가를 가르치는 일을 한다면, **친절, 성실, 공정, 실력 4가지 키워드**를 꼭 가슴에 새기길 바란다.

아이스 아메리카노 생활 56

오버

들뜨고 오버하지 말기를. '그동안 오버한 것만으로도 충분'하다!

아이스 아메리카노 생활 57

心力

'마음의 힘'은 바로 '이해심의 크기'와 비례한다. 즉 '心力=이해심'이다

아이스 아메리카노 생활 58

동전 저금통

틈틈이 모아 두었던 동전 저금통을 할아버지 기일을 맞이하여 털었다. 총 5만 1천 원이었다. 4만 1천 원은 천주교 사랑의 선교 수녀원에서 운영하는 양로원에 보낼 케이크와 귤 1상자를 사는 데 썼고, 1만원은 월드비전에서 후원하는 아동에게 문화상품권을 사서 우편으로 보냈다. 하늘에서 할아버지께서 흐뭇하게 쳐다보시는 것 같았다.

아이들을 향한 관점

나의 개인적인 경험을 바탕으로 아이들을 보는 단계를 분류하면, 다음과 같다.

먼저, 1단계(평범)로 아이들이 학생들로 보인다. 그저 직업의 수단이며, 학생들은 관리의 대상일 뿐이다.

다음 2단계(소중)로는 교사의 자녀가 생기면서 느끼는 관점이다. 아이들이 자신의 친자녀들처럼 예뻐 보이고 사랑스럽게 느껴지는 단계이다. '내 자녀가 귀하듯이, 학생들도 집에 가면 다 소중한 자녀가 된다'는 것을 깨닫게 된다. 2단계만 되어도 사랑이 많은 교사라 칭함을 받기에 부족함이 없겠지.

그보다 더 고차원적인 3단계(존중)는 아이들의 외모나 집안 조건에는 아랑곳하지 않고 오직, 아이들의 눈망울 속에 자리 잡은 맑은 영혼을 볼 줄 아는 교사가 있다. 본인이 맑고 깨달음을 가져야 이룰 수 있는 경지이다.

하지만, 최고의 4단계(섬김)가 아직 남아 있으니, 아이들이 어린이 예수님, 청소년 예수님으로 보이는 단계이다. 예수님이 제자들의 발을 씻기셨듯이, 학생들을 섬기면서 기꺼이 자신을 희생하고 헌신할 줄 아는 교사이다.

아이스 아메리카노 생활 60

중독&금단증상

혹시 '중독&금단증상'이 궁금하다면, 간단하다. 내일 출근하는
길에, 휴대폰을 집에 두고 가기를 하루 종일 안절부절 못하며 '중
독&금단증상'을 체험할 수 있을 것이다.

아이스 아메리카노 생활 61

인생을 더욱 즐겁게 보내기 위한 '10가지 조언'

지난 여름에 우리 나라를 방문한 프란치스코 교황님의 메시지를 소개하고자 한다.

🌸 포토타임! 독자 분들은 아래의 내용을 휴대폰으로 사진을 찍어 기억하면 좋을 것 같습니다.

인생을 더욱 즐겁게 보내기 위한 '10가지 조언'

1. 내 방식의 삶을 살고, 타인도 자신의 삶을 살게 두라

2. 남을 위하여 나를 내주라

3. 고요히 흐르라

4. 여가를 즐기라

5. 일요일에는 쉬라

6. 젊은 사람들을 위해 일자리를 만들어 줄 혁신적인 방법을 찾으라

7. 자연을 존중하고 돌보라

8. 부정적으로 생각하지 말아라

9. 개종시키려 하지 말고 타인의 믿음을 존중하라

10. 평화를 위해 일하라

(출처, 2014. 7. 가톨릭뉴스 서비스, CNS)」

5장

라떼

어록

▶◀ **추모어록 1**

걱정하지 마~ 너희부터 나가고, 선생님 나갈게.

(출처, 고 최혜정 단원고 담임교사 2014. 4.

'세월호'에서 아이들에게 보낸 카톡 단체메시지)

▶◀ **추모어록 2**

의롭게 갔으니까 그걸로 됐어. 아이들을 놔두고 살아나왔어도
괴로워서 견디지 못했을 겁니다. 윤철인 그런 아이이었어요.

(출처, 고 남윤철 단원고 교사의 어머니 2014. 4. '세월호' 침몰 이후)

▶◀ **추모어록 3**

학생 누나는 왜 구명조끼 안 입었어요?

고 박지영님 선원들은 맨 마지막이다. 너희 친구들 다 구해주고,
나중에 갈게~.

(출처, 고 박지영 승무원님 2014. 4. '세월호' 침몰 이후)

👍 좋아요 **1**

세상에는 빨강색, 파랑색, 노랑색 등 다양한 색깔들이 있다. 어느 색깔도 차별받지 않도록 하기 위하여 법(法)이 존재하는 것이다.

(출처, 영화 '댄싱퀸' 대사에서)

👍 좋아요 **2**

여기서 소방자격증을 포기한다면, 앞으로 네가 구할 생명들을 포기하는 것과 같은 의미란다.

(출처, 영화 '비행기2-소방구조대' 대사에서)

👍 좋아요 **3**

전 한 번도 제가 못생겼다고 생각하지 않았어요. 단지 '독특하게 생겼다'고 여겼고 나만의 모습에 대하여 자부심을 가지고 살아왔어요. 나는 사회에 내 외모를 맞추지 않고 내 외모가 사랑받을 수 있는 집단을 찾았습니다.

(출처, 박지선 개그우먼님 2014. 9.

'고졸성공 취업대박람회', 코엑스 강연에서)

👍 **좋아요 4**

'인생을 축제처럼' 신경계통 이상에 우울증까지 겹친 상태에서 다시 일어날 수 있었던 것은 아직 오지 않은 미래를 끌어다가 현재를 망치고 있다는 깨달음을 얻었기 때문입니다.

(출처, 김혜남 작가님 2012. 3. 경향신문)

👍 **좋아요 5**

왜 실패의 가치에 대해 이야기하느냐고요? 나는 나 자신이 아닌 다른 사람인 체하는 것을 멈추었습니다. 모든 에너지를 내게 가장 중요한 한 가지 일에만 쏟아 부었습니다. 내가 (소설 쓰기가 아닌) 다른 일에 성공했더라면, 내가 정말로 속해 있다고 믿는 이 분야에서 성공하겠다는 결심을 하지 못했을 것입니다. (실패에 대한) 두려움이 실현됐기 때문에 나는 자유를 얻었습니다.

(출처, 조앤 K 롤링 작가님 2013. 8. 매일경제)

👍 **좋아요 6**

고통을 행복으로 바꾸는 건 참 중요합니다. 그게 문제를 푸는 거죠. 선(禪)에서도 자신의 문제를 먼저 풀어야 합니다. 그래야 다른 사람의 문제를 풀 힘도 생겨납니다. 수영을 할 줄 알아야 다른 사람을 구할 수 있는 것처럼 말입니다. 자신이 맑아져야 주위가 맑아집니다. 수행과 중생 구제는 한 마차의 두 바퀴입니다.

(출처, 설정 스님 2012. 4. 중앙일보)

👍 좋아요 7

실패는 '내가 성취하고자 하는 일에 대한 나의 접근방식이 잘못되었구나'를 가르쳐주는 귀중한 계기일 뿐입니다. 그래서 냉정하게 스스로에게 물어봐야 합니다. '지금의 실패가 나에게 준 가르침이 무엇이지?'라고 말입니다. 실패의 원인에 대한 답이 정확하게 나와야 성장할 수 있습니다. 이 과정이 빠지면 똑같은 실패를 또 한 번 반복할 위험이 있기 때문입니다.

(출처, 혜민 스님 2013. 6. 중앙일보)

👍 좋아요 8

위험을 감수하지 않는 사람은 타조와 같습니다. 타조의 습관이 뭔지 아세요? 모래에 자신의 머리를 푹 집어넣는 겁니다. 다시 말해 숨을 수 없는데 숨으려고 하는 비겁한 동물이 타조입니다.

(출처, 피터 겔브 메트로폴리탄 오페라 단장님 2013. 6. 조선일보)

 좋아요 9

　우리에게 주어진 인생에서 행복도 오고, 죽고 싶을 만큼 고통스러운 시간도 오지만 그 모든 것은 우리가 감당할 만한 것들입니다. 어떤 일이 벌어질 때마다 '스스로 감당하리라'를 염불처럼 되뇌면 곧 두려움과 공포가 사라지게 될 것입니다. 또한 죽음은 삶의 마지막 통과의례에 불과하답니다. 미래에 대한 걱정보다 죽음조차 당당하게 받아들이겠다는 다짐을 하며 현실에 최선을 다해야 합니다.

(출처, 정목 스님 2013. 5. 조계사 야단법석 강연에서)

👍 좋아요 10

옆 사람과 손을 잡고 순서를 바꿔가며 자신의 괴로움을 털어놓은 뒤 얘기를 들어 준 이에게 절을 하십시오. "당신도 나와 같이 슬픔과 외로움, 절망을 겪었던 분입니다. 근심과 고통에서 벗어나 행복한 인생의 주인으로 살기 바랍니다." 이렇게 서로 등을 토닥이며 상처를 보듬어 주십시오. 여러분 가슴에 한 송이 장미를 드립니다. 내가 먼저 웃어야 우리 집에 웃음꽃이 핍니다. 내가 먼저 웃어야 너와 나 사이에 꽃이 핍니다. 내 마음 속에 꽃이 피고 먼저 웃을 때 나는 행복해집니다.

(출처, 마가 스님 2013. 5. 조계사 야단법석 강연에서)

👍 좋아요 11

('즉문즉설'로 쏟아지는 질문에 막힘없이 답을 내놓으시며) '내가 바뀌면 세상이 바뀝니다.' 우리는 마음병을 갖고 있는 환자입니다. 중생이지요. 먼저 아픈 상태라는 사실을 인정하고 아픔의 원인에서 답을 찾으면 건강했던 몸과 마음의 본래 자리로 돌아갈 수 있습니다.

(출처, 법륜 스님 2013. 5. 조계사 야단법석 강연에서)

👍 **좋아요 12**

나는 사람은 모든 것이 예쁘다고 생각혀~, 날씬허서 예쁘고,
똑똑허서 예쁘고, 팔뚝이 희어서 예쁘고.

(출처, 영화, '피 끓는 청춘'의 대사에서)

👍 **좋아요 13**

(삼배를 올리려는 신도를 향하여 손사래를 치면서) 법정스님이 하시
는 말씀은?

"삼베?는 원래 여름에나 입는 옷입니다."

(출처, 영화, '법정스님의 의자' 한 장면)

👍 **좋아요 14**

3할3푼을 치는 야구선수는 억대연봉을 받는데, 사람들은 10번
나와 10번 안타를 치려고 안달입니다. 우리가 갖고 있는 강박적
인 생각으로부터 자유로워질 때, 거꾸로 3, 4번의 안타가 소중해
집니다.

(출처, 하지현 교수님 2012. 10. 경향신문)

👍 **좋아요 15**

나의 꿈은 단순합니다. 내 나라가 더 나은 세계를 위하여 뭔가 공헌할 수 있게 되기를, 또 내 나라 국민에게 그런 능력을 발휘할 기회를 주고 싶습니다.

(출처, 아웅산 수치 여사님 2013. 1.

평창 동계 스페셜올림픽 개막식 연설에서)

👍 **좋아요 16**

상처 입을 걸 알고 나서면 오히려 다치지 않아요. 상처입지 않으려고 하면 다치더라고요. 강한 에너지는 집착하지 않을 때, 욕심 부리지 않을 때 나와요.

(출처, 공지영 작가님 2012. 10. 한겨레신문)

👍 **좋아요 17**

인맥보다 소중한 것은 내 존재감을 높이는 것입니다. 세상과 담쌓는 것을 두려워하지 마세요. 세상의 중심은 '나'랍니다.

(출처, 유수연 토익강사님 2012. 8. tvN 스타강연)

👍 **좋아요 18**

모든 것은 갚아야 합니다. 우리가 행복할 때, 누군가가 우리를 대신해 고통을 당하고 있으며, 우리가 슬플 때, 누군가의 행복을 위해 대신하는 것입니다

(출처, 〈고통은 왜?〉 성바오로 출판사, 1974년)

👍 **좋아요 19**

봉사는 돈으로 하는 것도 아니고, 전략으로 하는 것도 아닙니다. 죽음만큼 강한 사랑으로 하는 것입니다.

(출처, 고 임연심 선교사님 2013. 1. 경향신문)

👍 **좋아요 20**

(천재가 아닌) 나 같은 사람은 그저 잠들기 전에 한 장의 그림만 더 그리면 된다. 해 지기 전에 딱 한 걸음만 더 걷다 보면 어느 날 내 자신이 바라던 모습과 만나게 될 것이다. 그것이 산 정상이든 중턱이든 내가 원하는 것은 내가 바라던 만큼만 있으면 되는 것이다.

(출처, 이현세 만화가님 2013. 10. 매일경제)

👍 좋아요 **21**

정보 중심으로 읽으면 일종의 수렵·채집과 다를 것이 없다. 한 글자 한 글자 시간을 들여 집중해 읽으면서 텍스트가 갖는 의미의 심층을 깊이 만나고 텍스트와 대화하는 것이 필요하다. 이것이 씹어 먹는 독서다.

(출처, 신정근 교수님 2012. 11. 경향신문)

👍 좋아요 **22**

매순간 힘들 때마다 포기할 생각을 하지 않고 어떻게든 '이 순간을 넘겨내자'고 생각하는 것이 중요합니다. 장기적으로 생각해서는 현실의 벽이 높아서 그 누구라도 버텨 낼 힘을 갖기 어렵기 때문입니다.

(출처, 이금형 전 부산지방경찰청장님 2013. 4. 매일경제)

👍 **좋아요 23**

내가 라이트하우스를 업계 1위로 키운 비결은 '미래 기억 (Future Memory)' 덕분이다. 보통 사람은 기억이라고 하면 과거를 떠올리지만 나는 다르다. 앞으로의 일도 나의 마음과 생각 속에 미리 자리를 잡아놓고 기억한다. 또한 객관적인 시선으로 스스로를 바라볼 줄 알아야 한다. 경기장을 뛰고 있는 선수는 뒤에 누가 따라오는지 모르지만 관중석에 있는 사람들은 모두 안다. 나도 관중이 되어서 나의 뛰는 모습을 바라볼 줄 알아야 한다. 이것을 '위성적 사고'라고 말한다.

(출처, 김태연 TYK 회장님 2013. 2. 매일경제)

👍 **좋아요 24**

앞으로 여러분에게 다가올 시간, 여러분 앞에 있는 그 일들이 항상 여러분을 반짝반짝 빛내 주진 않을 것입니다. 하지만 어둠 속에서 반딧불이가 사라진 것 같다가 어느 순간 나타나 반짝이듯 그런 순간순간에 의해서 우리 인생은 엮어지고, 진행되고 진보되는 것입니다.

(출처, 신경숙 작가님 2012. 9. 경향신문)

👍 **좋아요 25**

살면서 영화밖에 한 것이 없어요. 영화가 직업이고 취미고 생활입니다. 하루라도 영화를 안보면 입안에 가시가 돋칩니다. 기분 안 좋을 때도 보고, 기분 좋을 때도 봅니다. 영화 '관상'의 수익금 50%를 아름다운 재단에 기부하는 것은 사회적 자아실현의 일환입니다. 내 카카오톡 프로필 문구가 '상식과 균형'입니다. 그걸 잊지 않으려고 노력합니다.

(출처, 주필호 주피터필름 대표님 2013. 10. 15. 씨네21, 925호)

👍 **좋아요 26**

나의 원칙은 간단하다. 신을 섬기고, 내 여자를 사랑하고, 조국을 지키는 것이다.

(출처, 영화 '트로이' 대사 중)

👍 **좋아요 27**

독서는 굉장한 행운이다. 1~2시간만 투자해도 저자가 평생을 바쳐 얻었던 깨달음과 지식을 들을 수 있지 않은가? 2007년 이래로 아침 7시에는 어김없이 거실 겸 서재에서 매일 40분~1시간을 온전히 책읽기에 할애하고 있다.

(출처, 김범수 카카오톡 창업자님 2013. 1. 중앙일보)

👍 좋아요 **28**

그리스인들은 수많은 외세 침략과 지배에도 한 번도 영혼을 판 적이 없습니다. 인간의 가치도 좋은 대학, 직장에 두지 않습니다. 농사든 조각이든 공부든 그 분야에서 '탁월함'이 중요한 기준입니다. 끊임없이 오르되, 그 오르막에서 끝에 뭐가 있는지를 의식하지 않는 길을 가는 것입니다.

(출처, 박경철 시골의사님 2013. 1. 경향신문)

👍 좋아요 **29**

우리는 상대를 설득하려 할 때 가장 자신감에 넘쳐 있고, 상대를 어떻게든 이해하려 할 때 가장 인자하며, 상대를 유혹하려 할 때 가장 매력적인 모습을 드러내곤 합니다.

(출처, 탁현민 공연연출가님 2013. 10. 한겨레신문)

👍 좋아요 **30**

8년 동안 연기를 하면서 그만두고 싶다는 생각을 한 번도 한 적이 없습니다. 연기는 할 때마다 새로워서 질릴 틈이 없었습니다. 영화나 드라마를 택할 땐 '경험 쌓기에 도움이 되는가?'를 기준으로 삼습니다. 여태껏 해보지 않은 장르나 내용, 인물을 택하려고 합니다.

(출처, 여진구 고등학생 연기자님 2013. 10. 한국일보)

👍 좋아요 **31**

성격은 안 바뀝니다. 장미가 백합이 되진 않아요. 근데 많은 사람들이 자기는 할미꽃인데 장미가 되고 싶어 해요. 많은 종교들이 그게 회개라고 생각하고 있어요. 가톨릭의 성인, 멘토? 그들과 같아지면 안 돼요. 나를 피워야지. 내가 왜 백합이 돼야 해. 민들레고 제비꽃이라도 그것이 시들고, 활짝 피고는 자신에게 달려 있어요. 닭이 독수리가 되는 게 아니고, 새장 속을 나와 하늘 높이 나는 게 구원이라고 생각해요.

(출처, 홍성남 신부님 2013. 5. 경향신문)

👍 **좋아요 32**

언젠간 '유재석도 갔네'라는 말이 나오지 않겠습니까? 마음의 준비는 늘 하고 있고, 막상 그 순간이 닥쳐도 당황하진 않을 것 같습니다. '허락되는 날까지 최선을 다하자' 다짐하면 별로 두려울 것이 없기 때문입니다. 아침 일찍 나와 동료들과 신나게 일할 수 있는 이 현실! 이 순간이 지금 내게는 너무 소중합니다.

(출처, 유재석 방송인님 2013. 6. 중앙일보)

👍 **좋아요 33**

다시 말 타는 사극 출연 제의가 오면 또 할 것 같아요. 부상은 염려되지 않아요. 저는 어떤 메시지를 던지는 드라마인지 출연할 때, 더 많이 생각하는 편입니다. 정통사극은 교훈을 줄 수 있어서 반드시 필요하다고 생각합니다.

(출처, 최수종 연기자님 2013. 6. 경향신문)

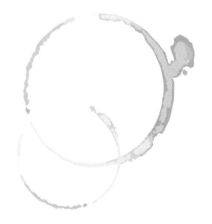

👍 좋아요 **34**

영화를 만들 때 재미가 가장 중요하다. 두 시간 동안 영화를 본후 관객을 기분 좋게 만드는 것이 목표이다. 모든 사람을 만족시킬 수는 없겠지만, 내 일을 사랑하고 헌신하며 전력투구하는 것이 비법! 좋아하는 일을 하면 젊게 살 수 있다.

(출처, 제리 브룩하이머 영화 제작자님 2013. 6. 조선일보)

👍 좋아요 **35**

나는 기대를 등에 업으면 더 힘이 납니다. 링 위에 설 때 나를 기억해 주고 응원해 주는 사람이 많으면 더 힘을 내지 무서워서 도망가는 스타일이 아닙니다. 제 목표는 예순이 될지, 일흔이 될지 모르겠지만 글을 쓸 수 있는 한 2년에 한 권은 꾸준하게 부끄럽지 않은 작품을 쓰는 겁니다. 사람들이 제 이름을 믿고 읽는 소설을 쓰고 싶어요.

(출처, 정유정 작가님 2013. 6. 매일경제)

👍 좋아요 **36**

24시간을 48시간처럼 쓰는 사람이 있고, 3시간처럼 쓰는 사람이 있습니다. 오늘을 바꿔야 내일이 바뀌는 것입니다. 직업이 나를 사랑하는 것보다 내가 직업을 더 사랑하면 직업은 언젠가 보답을 합니다.

(출처, 김미경 소장님 2012. 12. tvN 스타특강쇼)

👍 좋아요 **37**

대부분의 사람들은 다른 사람의 입에 오르내리는 일 없이 평범한 인생을 보낸다. 나는 그런 이들의 사소한 희노애락을 그리는 게 좋다. 누가 됐건, 인간이란 모두 다 우습고 서글프고 사랑할 만한 생물이다. 어떤 인간이건 그들 나름의 인생이 있다. 나는 그 진리를 결코 잊지 않으려 한다.

(출처, 오쿠다 히데오 작가님 2013. 6. 조선일보)

👍 좋아요 **38**

사랑은 굶주린 개 앞에 던져진 상한 고깃덩어리와 같습니다. 앞뒤 가리지 않고 덥석 문 다음에는 끙끙 오랫동안 앓아야 합니다. 사랑을 뜻하는 스페인 말이 'amor'인데 'mor'는 죽음, 'a'는 저항을 뜻합니다. 즉 사랑은 죽음에 저항하는 행위입니다. 이 단어를 알고 나서야 불면과 눈물을 감수하면서 사람들이 거듭 사랑에 빠지는 이유를 이해하게 되었습니다.

(출처, 한창훈 작가님 2013. 6. 경향신문)

👍 좋아요 **39**

내 이야기의 원천은 20대 시절의 연애와 여행 그리고 아르바이트입니다. 만화 한 가지를 고집하기 보다 심리학이나 철학과 같은 인문학을 통하여 단단한 기초를 쌓고 무조건 경험해보는 것이 도움이 되었습니다.

(출처, 이종범 웹툰작가님 2013. 6. 매일경제)

👍 좋아요 **40**

지금 눈앞에 보이는 현실이 다가 아닙니다. 보이지 않는 세상이 더 크기 때문에 불가능이란 없습니다. 어떤 일이든 한 번 실패했다고 좌절하지 마세요. 도무지 해결 되지 않은 일이라고 핑계를 대지도 마세요. 돌아서서 다시 시작하면 됩니다.

(출처, 윤부근 삼성전자 CE부문 사장님 2013. 7. 동아일보)

👍 **좋아요 41**

명상은 번거로운 세상 잡사를 벗어나 잠시의 안온과 평안을 추구하는 것이 아니다. 정직하고 당당하게 불편한 진실과 마주하지 않고 문제의 핵심을 외면하고 그저 고요함이 주는 평온에 매몰되는 것은 명상수행이 아니라 환각이다. 비움과 냉철한 통찰이 함께 하지 않으면 명상 수행은 또 다른 환각제가 된다.

(출처, 법인 스님 2013. 8. 한겨레신문)

👍 **좋아요 42**

아인슈타인, 에디슨 같은 사람이 천재라고 생각하나요? 천만에요. 세상에 '신이 내린 천재'따윈 없어요. 다만 끈질기게 자기만의 열정을 파고 들어 거장의 반열에 오른 사람들만 있을 뿐입니다. 천재란 우리의 게으름을 감추기 위한 핑계에 불과합니다.

(출처, 로버트 그린 작가님 2013. 8. 조선일보)

좋아요 43

사자는 일주일에 한 번 정도 사냥에 성공을 해요. 운이 좋으면 잡아먹고, 아니면 3, 4일은 쫄쫄 굶는 게 동물의 세계란 겁니다. 그게 자연적인 거예요. 풍족함을 누리면서 사는 동물은 하나도 없는데, 인간만이 예외적인 존재예요. 그것도 문명을 일구다 보니 생긴 시스템 때문이지, 내 신체적 필요에 의한 건 아니란 거지요. 우리는 과잉상태를 경계해야 합니다.

(출처, 윤광준 사진작가님 2013. 7. 경향신문)

좋아요 44

언론의 십자포화를 맞아보지 않은 사람은 인생의 참 맛을 모릅니다. 언제나 저를 일으켜 세운 것은 '헝그리 정신'이고, 제 모토는 '선택과 집중'입니다. 선택하지 않은 것에 대해서는 전혀 아쉬움이 없습니다.

(출처, 강용석 변호사님 2013. 1. tvN 스타특강쇼)

좋아요 45

드라마의 화제성은 캐릭터에서 나와요. 하지만 시청률은 스토리에서 나옵니다. 적극적으로 발언하는 대중과 발언하지 않는 대중의 차이예요. SNS 착시효과 같은 건데, 소수의 발언이 너무 커서 침묵하는 다수의 얘길 못 듣고 내가 하는 얘기가 옳다는 신념이 강화되는 것이죠.

(출처, 박상연 작가님 2013. 4. 경향신문)

 좋아요 **46**

재미가 있으면 읽게 되는 겁니다. 편안하게 글 쓰고 싶다면 문학을 하지 말아야죠. 뼈를 깎는 노력, 죽음이 보이는 노력을 하지 않으면 영혼을 감동시킬 수 없습니다. 문학의 감동은 강압이 아니라 자율입니다. 게다가 문학과 소설은 인간의 삶에 대한 총체적 탐구입니다. 그래서 충실한 취재와 최선을 다한 노력이 반드시 필요합니다.

(출처, 조정래 작가님 2013. 8. 매일경제)

좋아요 **47**

저희는 그림을 그리면서 계속 고치기 때문에 이야기를 완성하는 데 짧게는 2년, 길게는 5년이 걸립니다. 애니메이션은 이런 과정을 거치기 때문에 대부분 성공(슈렉, 쿵푸팬더, 마다가스카 등)합니다. 영화의 핵심요소는 '웃음'이라고 생각합니다. 그렇기 때문에 저는 행복하게 일하고 있습니다.

(출처, 제프리 카젠버그 드림웍스 대표님 2013. 10. 매일경제)

👍 좋아요 48

저는 감정의 분리수거라는 표현을 써요. 예를 들어 오늘은 기분이 나빠요. 근데 왜 기분이 나쁜지 모르겠어요. 근데 유추해 보면 아까 누가 싫은 소릴 했는데 태연한 척하다 보니 그것 때문에 기분이 나빴다든가 하는 식이더라고요. 전 이런 걸 음식물 쓰레기에 비유해요. 음식이 있고, 음식물 쓰레기가 있고 재활용 그릇이 있는데 이걸 다 섞어 버리면 다 버리게 된다는 거죠. 그러니까 따로따로 정리하고 버릴 것은 바로 내려놓는 거죠.

(출처, 류승용 연기자님 2013. 2. 경향신문)

👍 좋아요 49

스마트 기기가 흔해지면서 가장 먼저 뺏긴 건 어쩌면 권태의 시간일지도 모른다. 점점 더 작고 가벼워진 휴대용 스마트 기기는 우리의 권태를 강력한 흡인력으로 빨아드린다. 권태와 함께 시간의 여백과 상고의 망명지까지 죄다 빨아들인다. 스마트 기기를 바라보는 시선이 허락하는 자유로운 사유, 창조적 사고의 공간은 없다.

(출처, 강유정 영화평론가님 2013. 2. 매일경제)

👍 **좋아요 50**

새끼줄, 짚신, 가마니는 모양과 쓰임새가 다 다르다. 하지만 그 재료는 딱 하나, 짚이다. 그게 본질이다. '나'가 있다고 전제하면 현상만 보는 것이다. 남과 나, 남녀, 인종, 종교가 다 나뉘어 있는 것 같지만 본질은 하나다. 거기에는 좋다 나쁘다, 크다 작다의 대립과 차별이 없다. 중도란 '나'라는 편견에서 탈피해 모든 존재가 부처님임을 아는 것이다. 우리 모두가 부처다.

(출처, 고우 스님 2012.9. 경향신문)

👍 **좋아요 51**

(중국의 충칭대 학생들이 작은 나라가 한류를 일으키는 비결에 대한 질문에 대하여) 5,000년 역사에 1,000번 침략을 당하고 살아남은 민족이 얼마나 끈질기고 독하겠습니까? 그것이 바로 한국의 경쟁력이고 역동성입니다.

(출처, 조정래 작가님 2013. 7. 매일경제)

👍 **좋아요 52**

저는 가만히 있었습니다. 그동안 남의 밥그릇에 발 안 담근다고 생각하고 연기에 몰두했어요. 연기대상을 받은 게 정점이라고 보지 않습니다. 그것도 '과정'이고 지금 영화 '숨바꼭질'이 잘되는 것도 연기를 하는 과정 중 하나일 뿐이죠.

(출처, 손현주 연기자님 2013 .8. 매일경제)

👍 **좋아요 53**

어제 누군가 신을 죽였다면, 오늘은 누군가 새 신을 만들 것이다. 인간은 엉터리 같은 존재, 신은 사람들이 만들었지만, 그 엉터리 같은 인간을 인간답게 만드는 것은 신이다.

(출처, 백민석 작가님 2013. 10. 조선일보)

👍 **좋아요 54**

공작새는 꾀꼬리의 목소리를 부러워하지 않고, 뿔을 지닌 무소는 호랑이의 발톱을 탐하지 않습니다. 자신을 살필 줄 아는 사람은 허둥대지 않지만, 바깥을 살피느라 바쁘면 허수아비처럼 알맹이 없는 삶을 살게 됩니다.

(출처, 보성 스님 2013. 5. 경향신문)

👍 **좋아요 55**

글이란 말의 어원은 '긁는다'는 뜻이다. 암벽을 긁고, 흔적을 남기는 것이다. 글은 흔적을 남기는 것이다. 말은 사라지지만 긁은 것은 남는다. 그리움처럼 긁히고, 상흔이 남는 것이다. 종이책을 단순히 사이버 공간에 옮겨 놓으면 전자책이 된다는 어리석은 생각을 버려야 한다. 어머니가 읽어 주시는 책처럼 시각과 청각으로 느낄 수 있는 전자책을 만들어야 한다. '어머니의 몸'과 같은 아날로그적 촉감을 느낄 수 있는 아날로그와 디지털이 합체된 '인터페이스' 혁명이 일어나야 한다.

(출처, 이어령 교수님 2013. 7. 중앙일보)

👍 **좋아요 56**

수학의 왕도는 열심히 하는 것뿐입니다. 좋아하면 시간을 투자하게 되고 그러면 쉬워지고 결국 잘하게 되는 것입니다. 요즘 하버드 서점에서 발견한 노벨상 수상자들의 명언이 담긴 책을 읽고 있는 데, '핏방울이 없이는 좋은 연구 성과를 기대할 수 없다'는 말이 마음에 와 닿았습니다.

(출처, 오희 예일대 수학과 종신교수님 2013. 5. 동아일보)

👍 좋아요 **57**

사랑은 우리의 가장 좋은 모습을 보여 주기도 하고 최악의 모습을 보여 주기도 합니다. 사랑의 가장 큰 힘은 자기 자신에 대해서만 생각하는 것이 아니라 타인에 대한 배려를 알게 해 준다는 점입니다.

(출처, 프랑수아 클로르 작가님 2013. 7. 경향신문)

👍 좋아요 **58**

누구나 실수를 하면서 살아가요. 제3자 입장에서 봤을 때, 우리 일은 아무것도 아니에요. 힘들 땐, 내 일이 아닌 다른 사람의 일로 생각해 보세요. 그러면 사실 아무것도 아니에요. 신경 쓸 일도 아니고요. 저도 많이 치여 가면서, 기절하면서 배운 거죠.

(출처, 강수진 발레리나님 2013. 3. 여성조선)

👍 **좋아요 59**

이야기는 사람의 영혼의 깊숙한 곳에 있다. 마음의 가장 깊은 곳에 있는 만큼 사람과 사람을 근원에서부터 연결할 수 있다. 나는 소설을 쓸 때 이 깊숙한 곳에 내린다. 독자가 내 책을 읽고 자신도 그런 경험이 있다고 공감한다. 또 다른 독자가 공감하면 네트워크가 생긴다. 이런 것이 이야기의 힘이다.

(출처, 무라카미 하루키 작가님 2013. 5. 경향신문)

👍 **좋아요 60**

생각이 서로 다르다는 것을 전제로 접근해야 합니다. 틀린 것이 아니고 다른 겁니다. 개인과 개인, 집단과 집단, 남과 북, 영남과 호남, 노동자와 사용자, 국가와 국가가, 생각하는 상대방이 서로 다르다는 점을 인정하고 이해하면 해결의 실마리가 나오게 돼 있습니다. 상대방 입장에서는 그렇게 생각할 수 있겠구나라고 생각하면 대화가 쉬워집니다. 그리고 합의를 도출할 때까지 대화하고 조율해야 합니다.

(출처, 법륜 스님 2013. 1. 경향신문)

👍 좋아요 61

다리가 부러진 제비를 보고 흥부가 치료를 해준 건 마음이 움직였기 때문이다. 하지만 '흥부가 제비다리를 고쳐서 부자가 됐으니 나도 고쳐 주면 되겠네'라고 하는 건 놀부의 생각이다. 여기서 중요한 것은 대상과 나의 관계다. "대상과 내가 이분되면" 생각이고, "대상과 내가 합일되면" 마음이다.

(출처, 이외수 작가님 2013. 10. 경향신문)

👍 좋아요 62

지금은 유튜브나 SNS를 통해서 모든 시장이 글로벌화돼 있다. 한국에서 일등 하겠다고 만들면 성공할 수 없다. 싸이가 성공한 것은 미국에 그런 가수가 없기 때문이다. 한 거리에 커피숍이 즐비하게 서 있다. 거기서 숍을 내면 100% 망한다. 나라면 그곳에 밥집을 낼 것이다.

(출처, 양현석 YG대표님 2013. 1. 매일경제)

👍 좋아요 63

우리에게 필요한 것은 폐허를 응시할 용기뿐이다. 용기가 있으면 극복은 그 다음이다. 응시할 용기도 없이 희망을 말하는 건 비겁이고, 대안을 말하는 건 무의미하다. 이곳이 폐허라고 해도 중요한 건 '삶은 지속된다'는 사실이다. 학교가 망했다고 하지만 그 안에 교사, 학생이 있다. 살아 있는 한 무언가 할 수 있다.

(출처, 엄기호 문화학자님 2013. 10. 경향신문)

👍 좋아요 64

죽음을 두려워할 필요가 없어요. 난 이미 죽었다고 생각하고 다시 한 번 살아보기로 했지요. 그러다 보니 하루가 덤으로 오는 보너스 같더라고요. 사형수들을 만나면서 어지간한 일로는 괴롭다거나 힘들다는 말을 하지 않게 됐지요. 언젠가 풀릴 수 있는 문제는 괴로움이 아니고, 참고 기다려서 해결되는 것은 고통이 아니라는 것을 깨달았어요.

(출처, 양순자 소장님 2012. 8. YTN 공감인터뷰)

👍 **좋아요 65**

제가 다른 사람과 다른 점이 있다면, 영화 말고는 할 줄 아는 게 아무것도 없다는 거예요. 영화를 버리게 된다면, 그날로 제 인생은 파멸이나 다름없어요. 그러니 어떤 절체절명의 상황에서도 그걸 넘어서지 않으면 죽음밖에 더 있냐는 그런 생각을 할 때가 많죠. 영화 말고는 통 모른다는 것이 어쩌면 제가 영화 속에서 오래 살 수 있는 힘을 준 것 같습니다.

(출처, 임권택 영화감독님 2013. 7. 월간중앙)

👍 **좋아요 66**

똑같은 오늘을 살면서 더 나은 내일을 기대할 순 없겠죠. 미래를 바꾸고 싶으면 오늘을 바꾸세요. 그리고 자신의 운명을 사랑하세요. 감옥과 수도원의 차이는 불평을 하느냐, 감사를 하느냐에 달렸답니다. 꽃마다 피는 시기가 다른 만큼, 실패했다고 조급해 하지 말고 다시 일어나는 것이 중요합니다.

(출처, 김난도 교수님 2013. 11. 한국교직원신문)

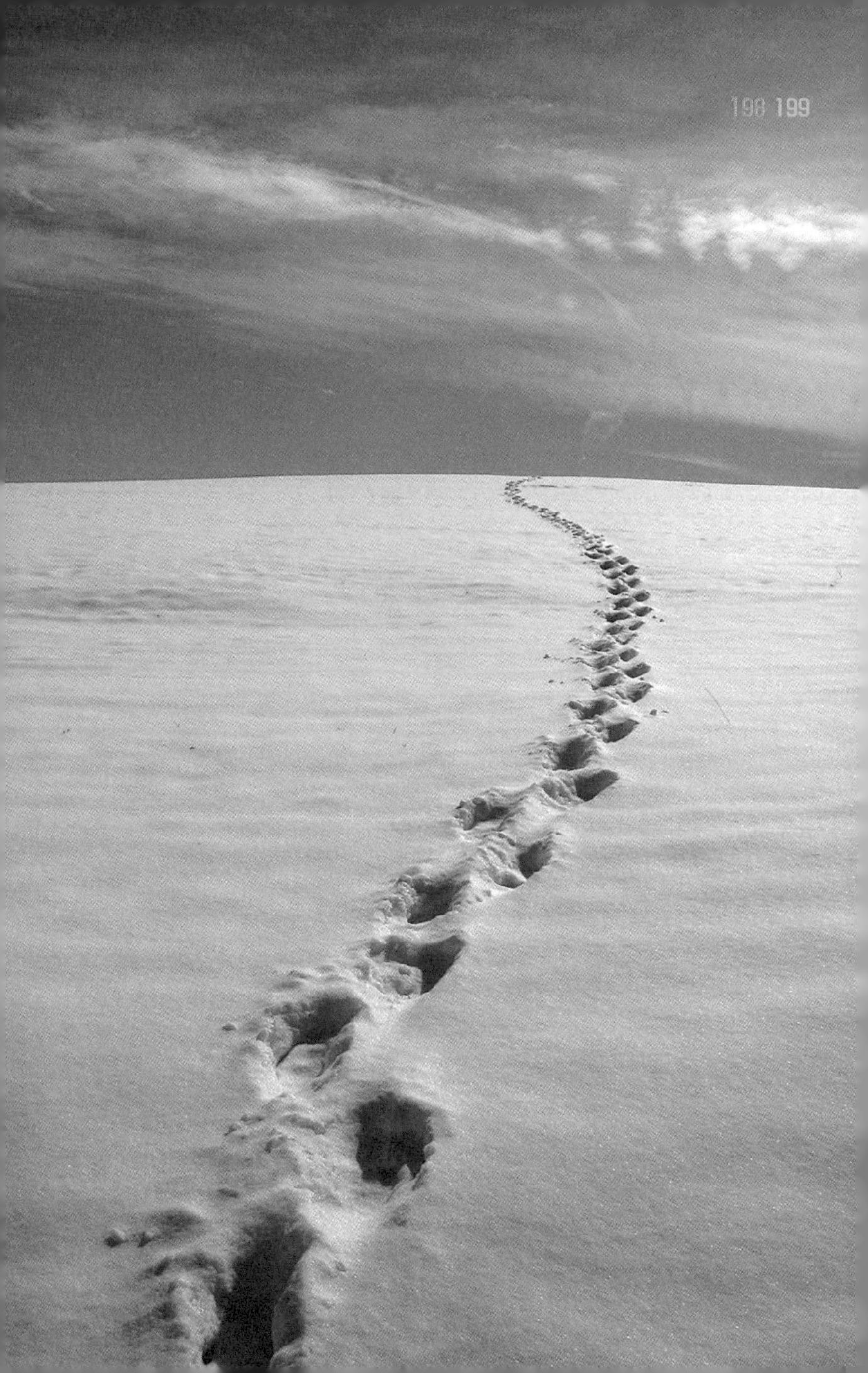

6장

카페
모카

특강 1편

특강**1**편

+

스트레스, 저리 꺼져!

먼저, '수구리중학교' 창의적 체험활동의 강연에 힐링카페의 카페지기인 저(나)를 '스토리텔러'로 불러주서서 감사드립니다.

의뢰받으면서부터 궁금해서 그러는데, 왜 이름이 '수구리'이지요?

마을이름이 '수구리'라서 그런가요?

아니면, 겸손하게 살라고 '수구리'라는 이름을 붙여준 건가요?

학생들 (일제히) '둘 다'요~

아~하! 그런가요? 제가 전국의 여러 학교를 다녀봤지만, 이렇게 이름 좋은 학교도 참 드문 것 같습니다.

아무튼, 대(大)수구리 중학교 정도의 강연에는 김수현 님 같은 훈남이 와야 하는데, 기대에 못 미쳐 죄송하다는 말씀을 먼저 드립니다.

제가 생각하기에는 이 정도 규모의 학교에는 빅뱅, 샤이니, 블랙비, B1A4, 인피니트, 걸스데이, 에이핑크, 나인뮤지스, 악동뮤지션 분들이 초대 강사로 와줘야 할 것 같은데요^^ 그런데, 누가 빠진 것 같은데요?

한 학생 (1초도 안 되어 흥분한 목소리로) '엑소'요!

나 맞아요! 엑소가 빠지면 서운하지요^^ **(서툰 몸짓으로)**으르렁♪ 으르렁♪**(다같이, 하하하)**

여기에 와서 여러분의 눈을 보니 '열심히 공부하여 좋은 상급학교 가겠다'라는 결의로 가득 차 있는 것이 느껴지네요.

그렇지만, 생각들을 잠시 내려 놓고 편안한 마음으로 잠시나마 재충전하는 시간을 만들었으면 좋겠습니다.

이미 지니고 있는 꿈과 청춘만으로도, 여러분은 독보적인 스타이며 세상의 주인공이랍니다.

오늘 특강에 들어가기에 앞서 먼저 '세월호 침몰'로 인하여 아까운 목숨을 잃은 우리 학생들을 위한 '묵념의 시간'을 잠시 가지고자 합니다.

모두 일어나서 눈을 감고 제 이야기를 들으면서 소중한 우리 선배님들을 기리도록 하겠습니다.

하나의 작은 움직임이 큰 기적을

지금이라도 어디선가 선배들이 "엄마, 아빠! 선생님! 친구들아! 후배들아!"를 큰 소리로 외치며 뛰어나오길 두 손 모아 간절히 기원하는 마음이 우리 모두의 마음이랍니다.

어른들의 어처구니없는 잘못으로 말미암아 선배님들의 소중한 꿈이 그만 허망하게 지고 말았네요!
미안합니다.
정말로 미안합니다.
안타까운 마음에 발만 동동 구르며 카카오톡의 사진을 노란리본으로 바꿨지만, 우리 가슴 속의 돌덩이는 갈수록 무거워지는 것을 느낍니다!

등교를 하면서도 눈물이 주르르 흘러내리고, 살아있는 것 자체가 선배들에게 죄송스러운 마음뿐이랍니다!

하지만, 이대로 주저앉아 있기를 선배들이 원하지 않을 터, 처다보기도 아까운 자녀를 잃으시고 커다란 슬픔에 잠겨 있는 남겨진 부모님들께 깊은 위로와 관심을 보내 드립니다.

다시는 이 땅에서 그러한 말도 안 되는 일이 일어나지 않도록, 〈생명존중〉보다 더 숭고한 가치와 사상이 없다는 것을 만천하에 알리기 위하여 우리도 한 마음 한 뜻이 될 것을 약속합니다.

또한, 언니, 오빠, 형, 누나들이 못 다 이룬 꿈과 아름답고 상식이 통하는 세상을 만들기 위하여 선배님들 몫까지 맨 땅에 헤딩하는 각오로 정신 바짝 차려 살 것을 다짐합니다.

꽃보다 아름다웠던 선배님들의 고귀한 영혼을 이제는 어금니 꽉 깨물면서 떠나보내고자 합니다.

부디 저 세상에서는 행복하게, 원하는 꿈을 활짝 펼치면서 안식을 취하길 바랍니다.

사랑합니다. 선배님들~

사랑합니다. 선배님들~

다시는 절대로!

다시는 절대로!

잠시 침묵으로 묵념의 시간을 가지도록 합시다.

이제 눈을 뜨고 자리에 앉으셔도 됩니다.

요즘은 그동안 잊거나 잃었던 자기 자신, 우리 가족, 우리 학교, 우리 공동체 구성원의 고마움과 소중함을 절실히 깨닫는 순간입니다.

자, 이제부터는 본격적으로 '스트레스, 저리 꺼져!'라는 제목으로 강연을 진행하겠습니다.

제목이 조금 과격하지요?(☺)

먼저 예화 하나를 소개하고자 합니다.

세유샘이 15년 전에 5학년을 담임했을 때의 일입니다.

성철(가명)이라는 남자아이가 있었는데, 워낙 장난이 심해서

여학생들 중에서 성철이와 같이 앉기를 희망하는 학생이 없었습니다.

성철이가 먼저 짝꿍 여학생의 어깨에 손을 얹으며 장난을 걸면, 여자아이들은 소스라치게 놀라며 고함을 지르고 도망가기에

정신이 없었습니다.

그러면 성철이는 줄행랑 치는 여학생들을 바라보면서 회심의 미소를 지었습니다. 할 수 없이, 반장인 지연이에게 양해를 구하며 성철이와 같이 앉도록 했습니다.

이후에, 저의 시선은 주로 성철이와 지연이에게 향해 있었습니다.

이번에도 역시 성철이의 손은 어김없이 다른 여학생과 대화하고 있는 지연이의 어깨에 손을 얹었습니다.

저는 저의 눈을 의심하였습니다.

지연이는 어깨에 앉아 있는 파리를 쫓아내듯이, 그냥 툭~하고 성철이의 손을 쳐내고 아무렇지도 않은 듯이 대화를 계속 이어나 갔습니다.

원하는 반응이 안 나오자, 성철이는 다시 한 번 어깨에 손을 얹었습니다. 이번에도 지연이는 전혀 아랑곳하지 않고 이번에도 그냥 툭~ 하고 밀쳐 냅니다.

그러자, 재미를 못 느낀 성철이가 머쓱한 표정을 하고 다른 곳으로 가버렸습니다.

그 뒤로, 성철이는 두 번 다시 지연이의 어깨에 손을 올리는 장난을 치지 않았습니다. 왜냐하면, 더 이상 흥미와 재미가 없는 행동임을 알았기 때문입니다.

그 모습을 보고, 저는 어린 지연이의 내공에 무척 놀랐습니다.

조금 더 원초적인 예화를 말씀 드리겠습니다.

세유샘이 신규교사 시절에 퇴근을 한 후에 유일한 취미가 하숙집 근처에 있는 종합대학 캠퍼스를 산책하는 것이었습니다.

어느 여름날, 퇴근 후에 산책을 하다 보니 느낌이 이상합니다. 그래서 밑을 내려다보니, 그만 바지를 입지 않고 사각팬티만 입고 산책을 하고 있었습니다.

'아뿔사!'하면서 당황스러운 마음을 진정하고 보니, 다행히 길거리의 대학생 아무도 눈길을 주지 않고 각자 자기들 담소하며 지나가고 있었습니다.

저 역시, 그대로 자신에게 '뒤로 돌아 갓!' 속으로 구호를 외치면서 반바지를 입은 척, 아무렇지도 않게 뒤로 돌아서 빠른 걸음으로 태연하게 걸었습니다. 물론 돌아오는 길에 만났던 한 사람만은 고개를 갸우뚱하더라구요(**일동웃음😊**). 하지만 저 역시 새로운 반바지 패션을 입은 것처럼 전혀 개의치 않고 당당하며 침착하게 하숙집으로 돌아왔습니다.

만약에 제가 사각팬티라는 사실을 인식하고 호들갑을 떨면서 급하게 집까지 뛰어들어갔다면, 지나가던 사람들이 눈치를 채고 오히려 손가락질과 조롱거리가 되었을 것입니다.

요즘 같으면, '사각팬티남, 대학캠퍼스에 출몰하다'라는 인터넷 사진까지 떴을지도 모릅니다(**일동웃음😊**).

신경질, 스트레스도 마찬가지입니다.

우리가 과하게 반응하면, 그 반응에 쾌감을 느낀 화, 짜증 등은 'I'll be back' 하면서 금세 다시 돌아오는 중독 증상이 있습니다. 이 의미는 우리가 불쾌한 경험에 대하여 '이게 어디 하루 이틀이더냐?' 하면서 대수롭지 않게 반응한다면, 그것은 더 이상 스트레스가 아니라는 이야기가 됩니다.

같은 스트레스라 하더라도 받아들이는 반응이 제각각입니다.

예를 들어, "내일 1교시에는 수학시험을 보겠습니다."라고 여러분에게 예고를 한다면, 그야말로 반응은 천양지차일 것입니다. 여러분에게 '수학시험'이라는 짜증거리를 던졌지만, 대부분의 친구들과 다르게 무덤덤하게 반응하는 아이들도 있습니다. 심지어 기다렸다는 듯이 반색하는 아이도 드물게 있겠지요. 극소수의 학생들은 수학시험이라는 불쾌한 스트레스에 대하여 면역력, 적응력이 생겼다는 것이지요.

우리의 인생에서 어찌 짜증과 스트레스를 피할 수가 있겠습니까?

어떤 학생은 질문합니다.

전학을 가거나 유학을 가면 해결되지 않을까요?

천만에, 만만에 콩떡입니다~**(일동웃음 😊)**.

짜증과 스트레스는 겨울철의 함박눈과 같은 것입니다.

차를 타고 도로로 나온 이상 하늘에서 내리는 눈을 피할 수 없습니다.

비싼 외제차부터 경차에 이르기까지 그대로 함박눈을 뒤집어쓸 수밖에 없습니다.

혹시 차가 우산 쓴 것 보셨나요?

마찬가지로 우리가 이 세상에 태어나서 발을 내딛고 인생을 살아가면서 각종 불쾌한 경험으로부터 자유로울 수 없습니다.

따라서 우리 자신이 평소에 그것에 대하여 적응력, 면역력을 키우는 방법 외에는 없답니다.

약간 어려운 말로 표현하면 '인식(認識)의 기준'을 지금보다 더 올리라는 뜻이기도 합니다.

그렇다면, 짜증과 스트레스를 극복하려면 어떻게 해야 할까요?

먼저, 자신의 '마음 나이'를 높이는 것이 중요합니다.

우리 모두는 태어나면서 1살! 이후로 매년 나이를 먹어갑니다.

마음 역시 마찬가지입니다. 마음에도 나이가 있답니다.

얼굴의 주름살로 나이를 짐작할 수 있고, 나무의 나이테로 인하여 나무의 세월을 가늠할 수 있듯이 마음의 나이 역시 한 가지 시금석으로 성장 여부를 판단할 수 있습니다.

그것은 바로 '너그러움'입니다.

육신의 나이를 먹어 선배 학년이 될수록 더 편협해지고 고정관념에 사로잡혀서 굳은 마음으로 세상을 살아간다면 이는 마음나이를 거꾸로 먹어가는 것과 같습니다. 기존의 색안경과 선입견을 버리고 열린 마음과 긍정적인 시각을 가지고 매사의 상황들을 따뜻하게 품어 주는 '너그러움'의 성품이야말로 육신의 나이와 비례하여 진정한 마음나이라고 할 수 있습니다. 예부터 어른들은 마음나이를 '나잇값'이라고 표현하기도 하였습니다.

다음으로는 자신만의 스트레스를 받는 패턴을 알고 미리 대비해야 합니다.

짜증을 내는 것도 습관입니다.

직장생활에서 보면, 상사가 유독 화를 내는 상황이 있으며, 그 것을 미연에 방지하기 위해 알아서 조심하는 상황과 비슷한 경우 입니다.

미리 평상시에 자신의 화내는 경우를 생각하여 매뉴얼을 생각 해 놓으면 좋겠지요.

예를 들어, 화, 짜증, 신경질, 스트레스가 물밀듯이 밀려올 때 를 대비하여 몇 가지 암호를 평소에 되뇌이는 훈련을 하면 좋습 니다.

🌸**포토타임! 독자 분들은 아래의 내용을 휴대폰으로 사진을 찍어 기억하면 좋을 것 같습니다.**

좋은 암호로는, 그러려니, 그러려니, 이미 엎질러진 물이야, 이미 엎질러진 물이야, 숲에서 맑은 시냇물이 굽이굽이 흐르 듯이, 숲에서 맑은 시냇물이 굽이굽이 흐르듯이, 목소리는 낮 추고, 말은 신중하게, 목소리는 낮추고, 말은 신중하게, 통문 장으로는, 평상심을 잃는 순간 이미 승부는 끝난다! 평상심을 잃는 순간 이미 승부는 끝난다!

등의 용어들이 있습니다. 이 중에서 한두 개를 골라 사용해도 좋고, 자신만의 암호를 만들어서 활용해도 좋습니다.

이 암호를 되뇌이면, 화, 짜증, 신경질, 스트레스의 강도를 몇 단계 낮추며 순화시키는 기능이 있기 때문입니다.

또 하나의 방법은, 엄청난 짜증이 밀려올 경우에는 애당초 그 장소를 피하는 것이 좋습니다.

일단, 그 장소를 피하면 '기분전환'이 되기 때문입니다.

또한 화, 짜증, 신경질, 스트레스 등을 마음에 담아두지 말고 표출하는 것이 중요합니다.

무작정 상대방에게 화풀이를 해대면, 당연히 상처를 받기 때문에 우회로를 택하는 것이 좋습니다. 친한 분들에게 하소연을 하는 것이 중요합니다. 자신은 주관적이어서 나무밖에 못 보지만, 다른 분들은 객관적으로 숲을 볼 수 있기 때문에 합당한 충고나 의견을 제시할 수 있기 때문입니다.

친한 분들에게 하소연하기가 마땅치가 않은 분들은 전문가나 전문기관을 이용할 수도 있고, 인터넷 카페나 게시판 등을 이용하여 댓글을 통하여 다양한 사람들의 의견들을 교류할 수 있다고 봅니다.

중요한 것은 우두커니 앉아 있으면 불안감과 두려움의 짜증 요소들이 눈덩이처럼 커지기 때문에, 다른 사람들에게 피해를 주지 않는 범위 내에서 표출하며 기분전환을 해야 할 필요성이 존재한답니다.

돌발질문

앞자리의 한 학생 (약간 짜증나는 말투로) 아까 짜증을 이겨내기 위해서는 면역력이나 적응력을 길러야 한다고 하셨는데, 너무 피상적으로 들립니다. 조금 더 구체적으로 설명해 주시면 좋겠습니다.

나 (기다렸다는 듯이) 좋은 질문 고맙습니다. 지금부터 짜증에 반응하는 면역력이나 적응력의 실생활에서의 경지를 차근차근 설명해 드리겠습니다.

만약에, 친구들의 짜증, 부모님의 잔소리가 아이돌 그룹의 노래 소리처럼 감미롭게 들리는 경지가 있다면 믿겠습니까?

맨 뒤쪽의 학생 (단호하게) 절대 불가능해요~

또 다른 학생 (개그콘서트 버전으로) 그건 말도 앙~돼요~

(다 같이 까르르☺)

나 (순순히 동의하듯이) 네, 맞습니다. 느낌 아니까~😄

저 역시 10년 넘게 명상과 숲 산책 수행을 했으며, 교사경력이 20년이 훌쩍 넘었지만, 아직 그 단계에는 이르지 못했답니다.

그러므로, 이러한 스트레스를 관리하는 생활수행은 평생 하는 것이랍니다.

산속에서 가부좌를 틀고 도 닦는 것만이 수행이 아니고, 학교와 학원에서 다양한 형태의 자신의 감정을 잘 다스리는 것도 커다란 생활수행임에 틀림이 없답니다.

당장은, 친구의 짜증이나 부모님의 잔소리를 담담하거나 귀에 거슬리지 않을 정도로는 받아들이는 경지에는 이르러야 마음의 평화가 담보된답니다.

친구의 짜증, 부모님, 선생님의 잔소리가 들릴 경우에, '아하 ~ 사랑의 반대말은 증오가 아니라, 무관심이며, 악플보다 무서운 것이 무플이라고 했지! 그나마 애정이 조금이나마 남아있으니 이런 방식으로라도 표출하는 것이구나! 일단, 여유를 가지고 귀를 기울여보자'라고 속으로 생각해보세요.

그 다음 순서로는 짜증이나 스트레스가 밀려오면 초대형 '필터(정화장치)'를 마음의 입구에 설치하십시오.

마치, 밀려오는 더러운 물을 마실 수 있는 물로 순화시키듯이, 우리의 평상심을 덮치는 오염된 외부압력을 오히려 유익한 기회와 성찰의 계기로 전환시킬 수 있어야 합니다.

그래야 우리가 우리자신의 명까지 살 수 있습니다(**일동웃음**☺)

여기서 유의해야 할 점은, 마음의 출구에도 최신식 '필터(정화장치)'를 탑재해야 합니다.

우리가 공항에서 검색대 심사를 통과해야만 비로소 비행기에 탑승할 수 있듯이, 우리 마음 속의 다양한 형태의 나쁜 감정들이 곧바로 배출되지 않고, 이 필터를 통과하며 정화되어 표출되게 해야 합니다. 이 필터의 이름은 '신중'이라고도 합니다.

여기에서 신중은 '한 번 더 생각하고 말하며 행동하는 것'을 의미합니다.

좋은 필터를 설치하려면, 먼저 자신의 몸과 마음이 튼튼해야 합니다.

건강과 숙면의 비결은 몸을 끊임없이 움직여 주는 것입니다.

TV를 시청할 경우에도 우두커니 앉아 있지만 말고, 앉은 자세에서 나름대로 스트레칭이나 요가 자세를 취하면서 보시는 것이 건강에 큰 도움이 됩니다.

다음으로는, 스트레스에 대하여 더욱 본질적인 접근을 하도록 하겠습니다.

시간이 많이 흘렀으므로 요점을 딱 찍어서 말씀 드리겠습니다.
제가 칠판사용을 잘 안하는데, 다음의 내용을 써보겠습니다.

'스트레스=짜증=감정=허상'

풀이하면, 스트레스를 받으면서 일어나는 짜증은 일종의 감정이고, 감정은 결국 허상이라는 뜻입니다.

감정은 칠판에 낙서해 놓은 것에 불과한 것입니다. 지우개로 지우면 씻은 듯이 없어지는 일시적인 존재입니다. 허상은 당연히 실재하는 것이 아닌 뜬구름이나 물거품처럼 순식간에 사라지는 것입니다.

인간관계에서 그렇게도 소중하게 생각하는 '자존심'조차, 결국은 '본래의 나'가 아닌, '일시적인 나'에 불과합니다. 칠판에 비유하자면, '자존심, 일시적인 나'는 '칠판의 낙서'에 불과합니다. 쉬는 시간에 쓱~ 하고 지우면 분필가루로 산화하여 그냥 날아가 버리는 허망한 것입니다. 본래의 나는 티 없이 맑은 칠판 자체입니다. 어느 것이 더 소중하고 가꾸어야 할 존재인지는 명약관화입니다.

오호~ 눈이 반짝반짝 하시면서 잘 듣는 학생이 많기 때문에 한 가지 더 말씀드릴게요.

짜증을 해결하는 만능키는 바로 '여유~'랍니다.

여유는 곧 탄력성입니다. 외부에서 자극이 올 경우에, 딱딱하게 굳은 벽짓장 같은 마음으로는 서로가 힘들겠지요. 이런 경우에는 말랑말랑하게 탄력성이 좋은 매트처럼, 뜀틀의 발판처럼 오히려 비상의 계기로 삼아야 합니다. 조금 더 구체적으로 사례를 들어 보면 다음과 같습니다.

자신이 무시당하면서 짜증이 확~ 밀려올 경우에 '조금 더 겸손하고 섬김의 삶을 살라고 하늘에서 가르침을 주시는구나'라는 여유를 가지시길 바랍니다.

또한, 조급한 경우에 짜증이 나면서 말이 사납게 나가려고 할 경우에, '무리하지 말고 하루나 이틀 더 여유를 가지라는 하늘의 계시일지도 몰라' 하면서 '완성'에 대한 집착을 버리고 한 발 뒤로 물러나는 여유를 부리시길 바랍니다.

마지막으로, 자신이 원하는 방향으로 일이 흘러가지 않는 경우에, '내 몸과 마음도 내 뜻대로 안 되는데, 어떻게 세상 일이 내 맘처럼 되겠는가?' 반문하며 여유를 되찾기를 바랍니다.

즉, 여유를 만끽한 만큼, 짜증은 한 길로 왔다가 일곱 길로 줄행랑을 친답니다.

화, 집착, 짜증, 신경질, 자존심, 스트레스 등은 알맹이가 아니고 일시적으로 보이는 껍데기에 불과합니다. 우리가 거기에 목숨을 걸거나, 소중히 여길 필요가 없는 존재들입니다.

더 이상 감정의 노예가 되지 말기를 바랍니다. **(일동박수 짝짝짝짝)**

돌발질문 2 💬

중간의 안경 쓴 학생 (약간 실망스러운 말투로) 자신의 스트레스를 넘어서기 위한 여러 마음가짐이 실제 왕따를 당하거나 친구들에게 무시를 당하는 현실에서는 어떻게 적용될지 솔직히 모르겠습니다. 현실 상황과 대비시켜 구체적인 방법을 말씀해 주시면 감사하겠습니다.

나 (질문한 학생을 빤히 쳐다보며) 틴탑의 '장난 아니에요 🎵'가 생각나네요~. 질문이 장난이 아니네요. 제가 왕따나 상담 전문선생님이 아니기 때문에, 제가 생각하는 것 위주로 왕따 등의 현실에 대하여 말씀드릴게요.

내가 중학교 1학년 때에 이유 없이 괴롭히는 아이가 있었습니다. 대단한 폭력을 행사한 것이 아니라, 쉬는 시간에 가볍게 툭툭 치거나 괜한 말로 시비를 거는 친구였습니다. 나에게만 그러는 것이 아니라, 주변의 친구들을 그렇게 못살게 굴더라고요.

지금 같으면, 당황하지 말고 니킥 한방으로 빡!~끝!**(다같이 까르르😊)**

그 당시에 제가 스스로 내린 처방전은 '간주'였습니다.

그 친구를 동물원의 원숭이로 간주하였던 것입니다.

원숭이는 철조망 사이로 먹을 것을 주면 잘 받아먹으면서도, 안주면 금세 화를 내면서 거칠게 행동을 합니다. 저는 그 친구가 심술을 부릴 때마다, '에구, 저 원숭이 또 시작이네'라며 혼자 회심의 미소를 지으며 그럭저럭 대해 줬던 것 같습니다.

하지만, 왕따나 학교폭력이 선을 넘어서 신체적인 폭력을 행사하거나 카톡 등의 온라인상에서 차마 입에 담을 수 없는 용어를 사용하여 엄청난 정신적 충격을 줬다면 당연히 가해자에게 응당한 요구를 해야 할 것입니다. 폭력에 굴종하지 말고 부모님이나 선생님의 도움을 받으며, 자신과 친한 친구들과의 우정을 더 돈독하게 함으로, 지혜롭게 대처해 나가야 할 것입니다.

요즘에는 국번 없이 117번으로 신고나 상담을 할 수 있으니, 전문가선생님들의 도움을 받는 것도 혼자서 끙끙 앓는 것보다 훨씬 나을 것입니다.

다만, 자신이 예민하여 너무 민감하게 반응하는 부분이 있다고 생각되면, 세유샘이 상처를 받을 때, 사용하는 방법을 사용하기를 바랍니다.

나도 사회생활을 하다 보면, 원하지 않는 수모를 당하는 경우가 있습니다.

그런 경우에는 손오공이 자신의 머리카락으로 여러 명의 분신을 만들어 내듯이 방금 상처받은 나는 참다운 내가 아니고, '과거의 나=또 다른 나의 분신'으로 생각합니다.

즉, 상처를 받은 것은 현재의 진짜 내가 아니라, 방어막 역할을 했던 과거의 분신이라고 여겨 버립니다.

알기 쉽게 설명하면, 처음에 휴대폰을 사면 액정화면을 보호하는 비닐이 씌워져 있습니다.

액정화면 자체는 참 나이지만, 비닐껍데기는 분신으로 비유할 수 있습니다.

이 원리를 잘 파악하면, 생활하면서 일어나는 상당부분의 화, 울분, 신경질, 스트레스 받는 것을 극복할 수가 있습니다.

마지막으로는 스트레스를 넘어서기 위하여 힐링의 꽃인 '명상'을 저와 같이 해보는 시간을 갖겠습니다.

먼저, 방송실 선생님께 부탁드립니다. 여기 강연장의 불을 다 꺼 주시기 바랍니다.

여러분도 핸드폰의 전원을 끄시거나 진동으로 해주면 고맙겠습니다.

저 역시, 마이크를 끄고 육성으로 말씀드리겠습니다.

명상이란? 칠판지우개나 정수기의 필터 같은 것입니다.

복잡하게 얽혀 있는 현실로부터 우리를 깨끗하게 정화시켜 주는 역할을 하는 것이지요.

어차피, 불을 꺼서 아무것도 안 보이겠지만 눈을 감아 주기 바랍니다.

(독자 분들도 책의 설명을 따라서 잠시 눈과 머리를 식히면 좋습니다)

첫 단계로는 몸의 긴장을 풀도록 하겠습니다.

몸의 이완단계입니다.

두 어깨의 긴장을 풀고 쭉~ 늘어뜨리며, 두 눈꺼풀에서 힘을 쫙~ 빼십시오.

다음으로 머리부터 발끝까지 힘을 늘어뜨리며, 몸의 긴장을 풀기 바랍니다.

두 번째로는 마음의 이완단계입니다.

잠시, 친구생각, 공부생각, 가정생각 등을 내려 놓고, 자신만의 상상의 나래를 펼치길 바랍니다. 머릿속으로 뭉게구름, 푸르른 초원, 에메랄드 빛 바다 등을 상상하며 여유로운 마음을 가져보기를 원합니다. 상상이 잘 안 되면, 평소에 다니는 대중목욕탕 40도 정도의 온탕에 편안하게 몸을 담그거나, 새들이 지저귀는 숲길을 한가롭게 거니는 산책 등을 떠올려도 좋습니다.

세 번째로는 열에서 하나까지 세면서 더 깊이 들어가도록 하겠습니다.

제가 지금부터 여러분을 힐링명상의 세계로 초대하는 것입니다.

숫자가 내려갈수록 자신이 더 깊은 명상의 세계로 들어가는 것을 온몸으로 느끼시기를 바랍니다.

열, 아홉, 여덟, 일곱, 여섯, 더 깊이 들어가는 자신을 체험하십시오, 다섯, 넷, 셋, 둘, 하나~.

평상시보다 더 깊은 내면의 세계로 들어왔습니다.

지금부터는 호흡명상을 같이 해보겠습니다.

꼬리뼈 약간 위의 선골에서 출발(**대륙간 탄도미사일이 포물선을 그리며 날아가듯이**)하여 관원까지 숨을 들이마시면서 '따뜻한 미소'라고 되뇌어 보세요.

다음으로 배꼽 약간 밑의 관원에서 출발(수중미사일이 수면 밑으로 날아가듯이)하여 선골까지 숨을 내쉬면서 '경청과 존중~'이라고

속으로 말해 보세요. 이런 패턴으로 다섯 번을 반복하여 천천히 여유를 가지며 호흡을 합니다. 마치 소변을 보시듯이 힘을 주지 말고, 자연스럽고 부드럽게 호흡에 생각을 실어 보세요.

잠시 양지바른 곳의 고양이처럼 몸을 축 늘어뜨리고 편안한 마음으로 가장 편안한 장소를 생각하며 휴식을 취합시다.

(잠깐의 시간이 흐른 후에)

이제부터는 여러 만남의 체험을 하도록 하겠습니다.

먼저, 자신과 만남의 시간을 갖도록 하겠습니다.

어린 시절, 학대, 상처, 왕따 등 가장 마음 아픈 장면을 떠올리기 바랍니다.

자신을 포함하여 등장인물, 분위기까지 될 수 있으면 상세하게 떠올리면 좋습니다.

영화 '써니'의 한 장면처럼, 어린 자신에게 다가가 토닥여 주고, 살포시 안아 주세요. 어린 자신의 풋풋한 촉감을 느껴 보세요.

그리고 마음속의 따뜻함을 어린 자신에게 전달해 보세요.

'참으로 잘 이겨내었구나!

고생이 많았지만, 여기까지 살아온 내가 참 기적이구나!

내가 나를 사랑한단다. 내가 나를 사랑한단다.

하지만, 앞으로 살아갈 날이 더 소중하기에 상처받고 아팠던 '과거의 나'를 이제 그만 떠나보내고자 한단다.

왜냐하면, 과거는 지나간 달력에 불과하며 그저 휴지통에 버리면 그만이라는 것을 이제 깨달았기 때문이란다.

지금까지의 나로 살아 주어서 정말 고맙다. 안녕'

그리고 가해자에게도 다음과 같은 마음을 전하세요.

'그동안 당신을 미워하고 증오했지만, 이제는 아니랍니다.

당신이란 과거로 인하여 더 이상 발목을 잡히지 않겠습니다.

왜냐하면 당신을 향한 저주보다 남겨진 내 인생이 훨씬 더 소중하기 때문입니다.

이제 그만, 당신을 용서합니다. 진심으로 당신 역시, 당신 나름대로의 삶을 성실하게 살기를 기원합니다.'

지나간 과거와 결별하는 '정적의 시간'을 잠시 드리겠습니다.

소중한 사람을 떠나보내듯이 잘 보내 주길 바랍니다.

이제는 '미래의 나'를 상상해 보겠습니다.

지금부터 10년 뒤의 자신의 모습을 구체적으로 상상해 보세요.

이 '미래의 나'가 지금 자신의 눈앞 상공에서 자신을 내려다보며 따뜻한 미소를 짓고 있다고 생각해 보세요.

미래의 나'가 지금의 자신에게 방긋 웃으며 말을 전해 옵니다.

'많이 힘들지? 조금만 참아! 이제 곧 괜찮아질 거야~'

자신도 '미래의 나'에게 부드럽게 속삭입니다.

'미래의 나를 여기서 보게 되다니 참 신기하구나.

내가 조금 더 양보하고, 선행을 베풀며 최선을 다해서 멋진 삶을 살고자 한단다.

미래의 나에게 부끄럽지 않게 살 것을 약속하마.

그때까지 조금만 더 기다려줘 안녕~'

지금부터는 살면서 가장 고맙고 미안한 사람이나 은혜를 입은 사람을 떠올려 보세요.

그분에게 따뜻한 마음을 전하세요. 미소를 지어 보이세요.

'고맙습니다. 고맙습니다. 베풀어 주신 은혜를 잊지 않고 열심히 살겠습니다.'

다음으로 어린 시절 자신을 키워 주신 어머니, 할머니, 외할머니 등을 떠올려 보세요.

'할머니, 엄마 제가 점점 학년이 올라가 보니 이제야 할머니, 엄마 마음을 조금이나마 알 것 같아요.

철없던 시절에 속을 많이 썩여 드려서 죄송합니다.

어려운 환경에서도 희생을 무릅쓰고 가정을 지키며 헌신적으로 저를 키워주신 것에 대하여 깊이 감사드립니다.

이제는 너무 걱정 마세요. 동생을 잘 건사하고 보란 듯이 할머니몫, 어머니몫까지 정신 차려서 잘 살게요. 고맙습니다. 잘살겠습니다.

외할머니, 친할머니, 어머니, 아버지 사랑해요~, 사랑해요~, 사랑합니다~, 사랑합니다.'

마지막으로 자신의 미래 자녀를 떠올려 보세요 예쁜 공주님도 좋고, 멋진 왕자님도 좋답니다.

자그만 유치원생인 자신의 미래 자녀에게 다음과 같이 속삭여 줍니다.

'엄마, 아빠가 세상을 살면서 가장 잘한 것은 바로 너를 이 땅에 출생시킨 것이란다.

차마 닮을까 봐 쳐다보기도 아까운 사랑하는 자녀들아!

엄마, 아빠의 인생은 너희를 만나기 전과 후로 나누어진단다.

네가 '엄마! '아빠!'라고 불러 줄 때마다, 엄마, 아빠는 살아가는 힘을 얻으며 가슴에서 솟아나는 샘물 같은 기쁨, 뭉클함을 체험하곤 했었단다.

외할머니, 할머니가 엄마, 아빠를 그토록 소중하게 키우신 것처럼, 엄마, 아빠도 희생과 헌신으로 너희를 소중하게 잘 키울 것을 약속하마.

혹시라도 엄마, 아빠의 부족함으로 너희가 상처를 입었다면 미안하구나.

엄마, 아빠가 조금만 더 여유를 가지고 너희를 대하도록 노력하마.

엄마, 아빠가 너희로 인하여 행복하듯이 너희도 엄마, 아빠로 인하여 행복했으면 좋겠구나.

엄마, 아빠는 잘 자라 주는 너희가 기특하고 대견하며 자랑스럽단다.

엄마, 아빠가 최소한 너희들 앞에서 부끄러운 부모가 되지 않을 것을 하늘에 약속하마.

또한, 세상사람 모두가 너희에게 돌을 던지며 손가락질을 하여

도, 엄마, 아빠만큼은 너희 보호막이 되어 끝까지 너희를 지켜 줄 게.

외할머니, 할머니가 엄마, 아빠를 그렇게 아끼고 보듬어 줬던 것처럼.

엄마가 외할머니를 자랑스럽게 여기듯이, 아빠가 할머니를 자랑스럽게 여기듯이, 너희도 부족한 이 엄마, 아빠를 자랑스럽게 여겨 줬으면 참 좋겠구나!

엄마, 아빠는 너희를 사랑한단다~.

엄마, 아빠는 너희를 사랑한단다~.

엄마, 아빠는 너희를 사랑한단다~.'

이제는, 먼 훗날 만날 것을 약속하며 자신의 미래자녀와 이별을 하십시오.

이별의 순간, 자신의 미래 자녀를 보면서 멋진 엄마, 아빠가 되기 위하여 열심히 노력할 것을 다짐하십시오.

잠시, '힐링타임'을 갖도록 하겠습니다.

그냥, 눈을 감고 멍하니 있어도 괜찮습니다.

혹시라도, 울고 싶으신 학생이 있다면 마음껏 눈물을 흘리십시오.

지금은 옆 친구의 눈치를 보거나 체면을 생각하는 시간이 아닙니다.

자신과 소중한 사람들을 떠올리며 흘릴 눈물 여기에 모두 쏟아 놓는 시간입니다.

조금 더 의미 있게 살기로 다짐하며 새로운 출발의 계기가 되었으면 좋겠습니다.

(잠시 후에)

마음을 차분하게 가라앉히는 시간을 갖도록 하겠습니다.

힐링이 뭐 별것입니까? 불 끄고, 문 잠그고, 음악 틀어 놓고 마음껏 울면 그것이 가장 좋은 힐링이랍니다. 몸과 마음이 이전보다 한결 개운한 몸과 마음상태가 된 것을 느낄 수 있을 것입니다.

방송반 선생님! 이제 불을 켜주시고, 마이크 전원도 넣어 주시길 부탁드립니다.

(삐리삐리 ♪ 삐리링 ♬)

벌써 종이 울리네요.

쉬는 시간이라도 딱딱한 의자에 앉아 있지 마시고, 친구들과 대화도 나누고 편안히 쉬길 부탁합니다. 아참, 학교에서 준비한 맛있는 과자도 꼭 챙겨서 먹고요. 화장실도 다녀온 다음에 2교시에 보도록 하겠습니다.

스트레스(짜증)를 넘어서기

① 개의치 않으면, 스트레스도 없습니다!

② 자신의 '마음 나이'를 높이는 것이 중요합니다.

③ 자신만의 짜증을 내는 패턴을 알고 미리 대비(매뉴얼)해야합니다.

④ '신중'이라는 마음필터를 설치하면 좋습니다.

⑤ '스트레스=짜증=감정=허상'입니다.

⑥ 스트레스 해소의 만능키는 '여유~'입니다.

⑦ 심술부리는 친구를 '동물원의 원숭이'로 간주합니다.

⑧ 상처받은 존재는 진짜 자신이 아니라,

　　과거의 또 다른 분신으로 여깁니다.

명상은 힐링의 꽃

① 몸과 마음의 이완 =〉 호흡명상

② 과거의 자신과의 만남

③ 미래의 나와의 만남

④ 할머니, 어머니와의 만남

⑤ 자녀와의 만남 그리고 눈물타임

7장

망고
빙수

특강 2편

특강**2**편

+

'명품인생'을 위한 공부전략

자, 이제 아, 아, 마이크 시험 중.

지난 시간에 '스트레스'에 대하여 강연을 했더니, 마이크도 스트레스를 엄청 받았는지 안 나오네요.

마이크에게도 '힐링'이 필요한지 살펴봐야겠네요**(일동웃음😊)**

아, 저기 새 마이크가 오네요.

새 마이크는 아마 명품이겠지요?

네~ 고맙습니다. 잘 나오네요~

이번 시간에는 '명품인생을 위한 공부전략'이라는 주제로 말씀을 드리고자 합니다.

'공부전략'하니까 다들 눈이 번쩍 뜨네요!

물론, 제가 하는 말은 당연히 명문대 입시강좌나 족집게 과외가 아닙니다.

조금 더 본질적인 뿌리 부분을 말씀 드리고자 합니다.

'명품인생'을 살기 위하여 무엇보다도 여러분 자신의 그릇을 키우는 것에 몰입해야 할 의무가 있습니다. 다른 의미로는 여러분이 살아갈 인생의 도도한 물길을 더 넓게 만들어 주는 것에 조금 더 치열하게 집중을 해야 합니다.

요즘, 스님들 책이 인기가 많습니다.

나 역시 법정 스님, 법륜 스님, 마가 스님, 정목 스님, 혜민 스님 등 국내의 다양한 스님들뿐 아니라 틱낫한 스님, 아잔 브라흐마 스님 등 외국의 스님들 책들도 사서 밑줄을 그으면서 잘 읽고 있습니다. 책을 읽으면서 '스님들의 마음과 책의 글들은 왜 그렇게 마음을 정화시킬 수 있을까?'라는 생각이 꼬리를 물더라고요.

그래서 나름대로 생각한 끝에 '스님들은 자세가 바르고, 그 바른 자세에서 맑은 정신이 나온다'라는 결론을 얻게 되었습니다.

몇 년 전에 서울광장에서 스님들이 집회를 했는데, 그야말로 '바둑판 집회'를 하시더라고요.

앞줄, 옆줄뿐 아니라 대각선 줄까지 반듯하게 맞춰서 정좌를 하시는 모습에서 '삐딱한 자세에서는 삐딱한 생각이 나오고, 반듯한 자세에서는 반듯한 생각이 나오겠다'라는 생각을 하였습니다.

나의 경우에도 딱히 숙제를 낼 내용이 없는 경우에는, 알림장

1번에 '바른 자세로 40분 이상 책을 보거나 스스로 공부하기'를 적어 줍니다.

바른 자세에서 가장 중요한 것은 '허리를 꼿꼿하게 세우는 것' 입니다. 처음에는 허리를 꼿꼿하게 세우는 것이 어려우니, 5분부터 시작하는 것이 바람직하며, 힘든 경우에는 등받이에 반듯하게 기대는 것도 좋습니다.

이제 본격적으로 '명품인생'에 대하여 알아보겠습니다.

먼저, 명품인생이 무엇이라고 생각하나요?

가운데 앉은 학생 (용감하게) 돈을 많이 버는 인생이요! **(일동웃음☺)**

뒤에서 세 번째 앉은 학생 (자신 있게) 연예인들처럼 인기가 많은 인생요.

앞에서 두 번째 앉은 학생 (범생 버전으로) 남들에게 존경받는 인생요.

나 맞습니다. 모두 저보다 인생을 한참 더 사신 분들처럼 대답을 하네요**(일동웃음☺)**.

사람마다 각자 인생에 대한 관점이 다르겠지만, 내가 생각하는 명품인생이란?

'하고 싶은 일을 하면서 선한 영향력을 끼치는 인생'이랍니다.

남들 보란 듯이 화려하거나 부귀영화를 누리는 삶이 아닙니다.

그러한 삶은 유한하며, 결국 회한의 눈물로 인생의 끝을 맺는 경우가 허다합니다.

하고 싶은 일을 하면서 사는 것도, 선한 영향력을 끼치는 것도 만만치 않게 어렵답니다.

아마 여러분이 지금 열심히 노력하는 이유도, 늦게까지 학교와 학원에서 공부하는 목적도 어쩌면 이 명품인생을 살기 위해서일 겁니다.

이러한 명품인생을 살기 위하여 다져야 할 항목들에 대하여 몇 가지 살펴보고자 합니다.

명품인생의 첫 단추는 바로 '스스로~'입니다.

가정생활, 학교생활, 사회생활 등 여러분의 모든 생활은 '스스로 할 수 있는 역량'에 초점을 맞추어야 합니다.

같은 10만 원이지만, 부모님으로부터 받은 10만 원과 자신이 열심히 일해서 번 10만 원은 분명 소중함의 가치가 다를 것입니다.

작년 우리 반의 학생은 32명이었습니다.

32명이 제각기 다양한 유전자를 가지고 태어나며 자라고, 지금은 교실에서 하루 6시간을 생활하고 있습니다.

담임교사 입장에서, 가장 눈에 띄는 학생은 당연히 매사를 '스스로 할 수 있는 학생'입니다.

휴지가 바닥에 떨어져도 그냥 지나치는 학생이 있는 반면에, 아예, 비와 쓰레받기를 가지고 와서 스스로 더러운 주변을 깨끗하게 청소를 하는 학생이 있습니다.

'스스로'의 가치를 높이려면 자극을 받는 계기를 만나는 것이 필요합니다.

그러한 계기를 만나기 위해서는 많은 경험을 쌓아야 합니다.

'스스로의 경험'은 한 겨울에 내의를 착용하는 것과 같습니다.

여름철에는 반팔 티셔츠로 살아갈 수 있지만, 혹독한 겨울 추위에는 '따뜻한 내의'를 입으면 자신의 체온을 보호해 줍니다.

여러분이 살아갈 인생은 여름철의 온실만이 존재하는 것이 아닙니다.

매서운 동장군처럼 감당하기 힘든 고난과 시련의 시기에서 '스스로의 경험'은 잡초처럼 다시 일어날 수 있는 힘과 내의처럼 자신의 환경을 보호하는 방패 역할을 할 것입니다.

여러분이 성인이 되기 전까지 교육을 받는 최종 목적은 결국, 스스로 자신의 삶을 개척해 나가는 독립적인 인격체를 기르기 위한 것임을 항상 마음에 새기면 여러 선택의 상황에서 방향을 잡는 데 많은 도움이 될 것입니다.

두 번째, 명품인생을 위해서는 '국가에 대한 예의'를 지켜야 합니다.

우리나라의 정서에서는 아무리 공부를 잘하고 똑똑해도, 싹수가 노랗다면 거들떠 보지도 않는 것이 현실입니다.

제가 말하고자 하는 것은 개인간의 예절이 아니라, 예절 중에 가장 큰 예절인 '국가에 대한 예절'입니다.

올해, 현충일에 조기를 게양하면서 제가 사는 아파트 동을 올려다보았습니다.

제가 사는 동에는 꽤 많은 가구들이 있는데, 태극기를 게양한 집은 저희 집을 포함하여 두 집밖에 안 되었습니다.

'이건 뭔가 잘못되었구나!'라는 생각이 들더라고요.

1년에 단 하루밖에 없는 현충일을 평소와 다른 날과 같이 지낸다는 것(심지어 놀러 가는?)은 마치 기독교인이 성탄절을, 불교인이 부처님 오신 날을 그냥 보내는 것과 다름없다고 생각합니다.

다른 나라 국민이 우리의 국경일을 기념할 필요가 없습니다. 우리가 스스로 우리의 국경일을 아끼고 지켜나가야 합니다.

앞으로 삼일절, 광복절 등의 국경일이 되면 태극기 게양은 기본이고, 인터넷에서 국경일을 기념하는 의식곡(예, 현충의 노래 등)도 검색하여 가족과 함께 불러보는 시간을 가지는 것이 좋습니다. 아울러 주변의 순국유적지 탐방이나 가까운 공원에 가서 '나라사랑을 실천하는 법'에 대하여 대화를 갖는 것도 유익한 시간이 될 것입니다. 이런 시간을 갖는 것이 중요한 이유는 이렇게 성장한 여러분이 나중에 어른이 되어서 자신의 후손들에게 '애국심 함양교육'을 실천할 수 있기 때문입니다. 나라사랑에 대한 이야기는 이번 시간의 후반에 있는 '촛불의식'에서 다시 한 번 언급을 하도록 하겠습니다.

세 번째로는 '명품인생=사랑실천'입니다.

나의 경우에는 체육시간에 팀을 나누어서 축구나 피구, 발야구 시합 등을 할 경우에 팀이름을 사랑팀과 실천팀으로 분류를 합니다.

이래도, 저래도 한평생인 인생길에서 '사랑실천'의 가치야말로 여러분이 꼭 갖췄으면 하는 마음이 간절합니다.

사랑실천에는 먼저 작은 돈이라도 기부하는 습관을 들이는 것이 중요합니다.

고맙게도 우리 주변에는 적십자, 컴패션, 월드비전, 유니세프, 굿네이버스, 사회공동모금회, 인터넷 사이트 Daum 희망해☀ 등 기부할 수 있는 수많은 단체가 있습니다.

자신의 생일을 기념하여 여러분의 이름으로 자꾸 심어야 합니다.

작은 돈이지만 매달 정기적으로 후원하는 것도 중요합니다.

나의 경우, 어린 시절 고향마을에서 사랑과 은혜를 베풀어주신 분이 돌아가신 소식을 들으면 인터넷 사이트 Daum 희망해☀ 에서 작은 몇 만원을 기부하고 다음과 같은 댓글을 답니다.

'어린 시절 큰 사랑을 베풀어 주셔서 고맙습니다. 은혜를 잊지 않고 살겠습니다. 아울러 권사님도 이제는 하늘에서 평안히 쉬시길 기원합니다.'

조상님들의 기일, 제사를 맞이해서는 가족들과 함께 수박 한 통, 바나나 상자를 사서 주변의 양로원을 방문합니다. 수박이나 바나나를 사는 이유는 이가 안 좋으신 분들도 부드럽게 드실 수가 있기 위함입니다.

혹시, 여러분 중에 "무슨 말씀하시는 거예요?, 우리는 그러한 시간도, 돈도 없답니다!"라고 반문한다면, 간편한 방법을 추천합니다.

토요일 KBS 1TV 오후 6시부터 진행되는 '사랑의 리퀘스트의 060-700-0600'의 ARS 전화를 이용하면 2천 원씩 어려운 이웃에게 사랑을 실천할 수 있습니다.

제가 RCY(청소년적십자) 지도교사를 담당한 당시에 창안하였던 행사일정을 소개합니다.

단원들을 인솔하여 토요일 오후에 KBS방송국 견학을 먼저 하였습니다. 다음 순서로는 바로 옆의 여의도 공원에서 이른 저녁으로 집에서 싸온 김밥을 먹은 후에, 녹화 스튜디오에 입장하여 생방송으로 진행되는 '사랑의 리퀘스트'를 방청하는 프로그램이었습니다. 인기 있는 연예인분들이 많이 출연하여 봉사와 사랑실천에 대한 여러 가지 사례들을 소개하는데, 아이들뿐 아니라, 같이 동석하셨던 학부모님들도 많은 감명을 받는 것을 보았습니다.

세유쌤이 생각하는 '사랑실천'의 정의는 '댓가를 바라지 않고 누군가에게 기쁨과 따뜻함을 주는 행위'라고 생각합니다.

그런 의미에서 위에서처럼 돈이 없는 사람들도 얼마든지 사랑을 실천할 수 있습니다.

예를 들어, 인터넷 게시판에 딱한 사정에 있는 사람들의 글에 따뜻한 댓글을 다는 것도, 힘들어 하는 친구의 카톡에 격려의 문자(선톡?)를 보내는 것도 또 하나의 사랑실천이라고 할 수 있습니다.

작년에 6학년을 담임할 때에는 학부모님 공개 수업 시, 중간부분에 '꿈 너머 사랑실천 선서식'을 넣어서 한명씩 어른이 되어 자신이 꿈을 이룬 후에, 어떻게 '재능기부'할 것인가를 발표하는 시간을 가졌습니다.

'사랑은 체험입니다'

빵을 조각을 나누어서 옆 친구와 나눠 먹어 보는 즐거운 경험을 해야 진정한 행복을 느낄 수가 있습니다. 인생을 살면서 가장 커다란 행복은 '선(善)을 행하는 기쁨'을 맛보는 것이기 때문입니다.

이것이 제가 생각하는 진정한 '명품인생'이랍니다.

마시막으로,

'요일별 힐링 호흡'으로 명품인생의 꽃을 피웁시다!

우리의 인생은 7일을 기준으로 요일별로 돌아가며 생활하고 있습니다.

이번에는 '요일별 힐링호흡'을 소개하고자 합니다.

🌸포토타임! 독자 분들은 아래의 내용을 휴대폰으로 사진을 찍어 기억하면 좋을 것 같습니다.

월요일(따미데이) 따뜻한 미소 😊 – 경청과 존중

화요일(열경데이) 열린 마음 – 경청의 기쁨

수요일(신따데이) 신중하고 – 따뜻하게

목요일(여절데이) 여유롭고 – 절제있게

금요일(느너데이) 느긋하고 – 너그러운

토요일(너긍데이) 너그럽고 – 긍정적으로

일요일(소감데이) 소중합니다 – 감사합니다

예를 들어, 월요일 아침에 등교할 경우, 횡단보도를 기다리는 경우에 배꼽아래의 단전을 살며시 약간만 내밀며 '따뜻한 미소 😊'라고 마음속으로 되뇌이며 숨을 들이쉽니다.

이어서 단전을 안으로 부드럽게 들이면서 '경청과 존중'이라고 되뇌이며 숨을 내쉽니다.

다만, 창문이 폐쇄된 실내(만원버스나 전철 등)에서는 사람들에게서 다양한 기운이 뿜어져 나오기 때문에 사기(邪氣)를 마실 수 있으니 직접 호흡은 하지 말고, 주문처럼 글귀만 되뇌이는 것이 좋습니다.

또한, 단전호흡에 욕심을 내어 인위적으로 호흡시간을 길게 하거나, 무리하게 아랫배를 앞으로 들이미는 것은 금물입니다. 물이 흐르듯이 자연스럽게 하는 것이 가장 몸에 좋은 호흡이랍니다.

본격적으로 '요일별 힐링호흡'을 수행하고자 한다면, 달력이나 다이어리에 해당 항목을 생활 속에서 잘 지켰으면 O, 보통이면 △, 못지켰다면 ✕ 표시를 한다면, 더욱 성숙된 명품인생을 영위할 수 있을 것입니다.

제가 창안한 '요일별 힐링호흡'의 글귀는 예시일 뿐입니다.

감사하며 – 따뜻하게, 고맙고 – 소중하게 등 자신의 생활과 상황에 맞게 좋은 말을 호흡에 활용하면 여러 유익함을 체험할 수 있을 것입니다.

특히, 자동차의 신호대기나 버스, 전철을 기다리는 등의 자투리 시간을 이용하여 '요일별 힐링호흡'을 배꼽아래의 단전을 살며시 내밀며 천천히 호흡한다면, 마음을 차분하게 가라앉히는 데 도움을 받을 수 있을 것입니다.

다들, 실망하는 기색이 역력하네요. '무슨 공부전략이라고 하여 졸리는 눈을 비비면서 열심히 들었더니, 공부 이야기는 안 나오고, 무슨 국가가 어떻고, 사랑, 호흡이 어떻고 등 현실과 동떨어진 이야기만 하는구나.' 하는 눈총이 아주 따갑네요**(일동웃음☺)**

지금부터는 차근차근 '공부전략'에 대하여 전개하도록 하겠습니다.

제목처럼, 공부에도 전략이 필수적으로 필요합니다. 이러한 공부전략을 위하여 먼저 '갖추어야 할 기본 덕목'에 대하여 설명하고자 합니다. 어쩌면, 공부보다 더 중요한 '밑바탕 생활전략'이라고도 할 수도 있습니다.

여러분이 **청소년 시절에 꼭 길러야 할 기본 생활 덕목**으로는 다음의 몇 가지가 있다고 생각합니다.

첫 번째로는 올바른 생활습관입니다. 사람은 습관의 노예이기 때문입니다. 습관에 따라 무의식적으로 행동하는 경우가 그만큼 많다는 이야기입니다. 따라서 규칙적인, 절약하는, 예의 바른, 환경을 보호하는 다양한 습관들을 청소년 시절에 길러 주면 참 좋습니다.

두 번째로는 올바른 판단 능력입니다. 앞으로 여러분이 살아갈 인생은 모두 판단 능력에 따른 선택의 결과일 것입니다. 지금부터는 선택의 상황에서 잘한 선택이든지, 잘못한 선택이든지 유심히 보시고 결과에 따른 피드백(환류작용)을 해 주시면 좋습니다. 즉 선택해서 좋은 결과가 나왔다면, 그 상황에 대한 벤치마킹을 충분히 하여 다음 선택의 상황에서도 참고로 하면 도움이 많이 될 것입니다. 아울러 잘못된 선택의 경우에는 그 같은 실수를 반복하지 않도록 해야 합니다.

마치 수학 시험을 보고 틀린 문제를 다시 노트에 적어서 다시는 그 문제를 틀리지 않도록 하는 것과 비슷한 원리입니다. 수학 시험 틀린 문제보다 더 중요한 선택의 상황이 인생에는 훨씬 많으므로 미리 올바른 판단능력을 길러 주면 여러분에게 평생에 좋은 밑거름이 될 것입니다. 무엇보다도 〈판단능력〉을 길러주기 위해서는 평소에 대화와 토론을 많이 경험해야 합니다.

주제로는, '우리 집에 갑자기 물이 들이친다면?, 화재가 발생했다면?' 등의 실제 생활에 관련된 것이 좋습니다. 미리 가족, 친구끼리 대화하며 평소에 익혀 두는 것이 실제 긴박한 상황에서 올바른 판단을 하는 것에 큰 도움이 될 것입니다.

세 번째로는 '긍정적인 자아정체감'입니다. 30명이 넘는 학급의 아이들을 아침에 대하면, 어려운 환경에서도 얼굴이 밝은 학생이 있는 반면에, 유복한 환경인데도 매사에 부정적이며 얼굴을 찡그리는 학생들이 더러 있습니다. 이런 상황은 자기 자신에 대하여 얼마나 긍정적인 생각을 가지고 있느냐에 따라 달라지는 것입니다.

네 번째로는 지혜로운 시간 활용입니다. 나는 학부모님 공개 수업으로 가끔씩 시간 활용에 대한 수업을 진행합니다. 처음에는 시간을 잘 지킨 철학자 칸트(매일 같은 시간에 산책을 해서 동네 사람들이 칸트의 산책하는 모습을 보고 시간을 맞췄다는)의 영상도 보여 주며 동기 유발을 하며 시간 활용에 대한 다양한 활동 수업을 진행시킨 후에 마지막 순서로 학생 한 명씩 나와서 시간을 어떻게 지혜롭게 활용하겠다는 다짐의 말을 발표하는 것으로 수업을 마무

리합니다. 뒤에서 참관하시는 학부모님들의 반응이 궁금하다고 요? 당연히 '대~박'입니다.

다섯 번째로 인생에서의 자신감을 기르기 위하여 '학교나 학급의 다양한 행사에 적극적으로 참여하기'를 추천하고 싶습니다. 학교에서는 대부분 4월- 과학의 날 행사, 5월- 어버이날 기념 행사, 6월- 호국보훈의 날 행사, 10월- 독서활동 행사, 11월- 불조심 관련 행사 등으로 이루어져 있습니다. 이외에도 학교의 특색에 따라 반별 스포츠 대회, 청소년단체 캠프활동 등 수많은 행사와 대회 등이 교과서 공부와는 별도로 중요한 영역을 차지하고 있는 것이 현실입니다.

자신이 다니고 있는 학교에 대하여 자부심을 가지고 여러 행사에 열심히 참여하다보면 자신감도 생기고 다양한 경험을 축적하게 됩니다. 건물로 말하면 기초공사를 튼튼히 하는 것이지요.

여러분이 아침에 일어나서 학교에 빨리 가고 싶어 한다면, 이미 여러분은 인생성공의 지름길을 달리고 있는 것입니다.

마지막으로 '공부의 맛'을 알아야 합니다. 공부는 어차피 평생하는 것입니다.

우리나라에서는 최소 12년간은 거의 반강제(?)로 공부를 해야 합니다. 즉, 단거리가 아니라, 마라톤 경기입니다.

여러분은 이미 반환점에 다다르고 있는 시점입니다. 여기에는 치밀하고 중장기적인 전략이 필요합니다.

이 시점에서 필요한 전략이 바로 〈공부의 맛!〉을 깨닫는 것입니다. 완만한 목표를 설정하고 스텝 바이 스텝으로 성취해 가면서 스스로 공부의 맛을 넘어서 공부의 기쁨을 느껴야 합니다.

초등학교의 고학년이 되어 성적이 많이 떨어져 상담 오시는 어머님들께 제가 한결같이 드리는 말씀은 바로 "어머님! 이번 여름(또는 겨울)방학이 역전의 발판을 마련할 좋은 기회입니다"라는 말입니다.

방학 때 독서든지, 공부든지 스스로 앉아서 규칙적으로 1-2시간 집중하는 전략을 실천하면 개학 때 본인 스스로 큰 성취감과 더불어 자신감을 가질 수 있습니다.

돌발질문 💬

가장자리의 한 학생 열심히 공부하여 맛을 느끼고 싶지만, 솔직히 그동안 놀아서 너무 기초가 없는데 어떻게 하는 것이 좋을까요?

나 (옆구리를 손가락으로 가리키며) 헉, 옆구리를 찌르는 질문! 그 자체입니다요. 방금 위에서 설명했듯이, 스스로의 규칙적인 공부시간 1시간을 확보하는 것이 중요합니다. 기초가 없다고 포기하면 계속해서 아까운 시간이 흘러간답니다. 당장 오늘부터 책상에 바른 자세로 앉아 집중하여 1시간씩 스스로 부족한 과목을 공부해 나간다면, 몇 달 안에 소중한 공부 내공이 자리 잡을 수 있을 것입니다. '열심히 하다 보면 쌓이는 것'이 바로 '기초'랍니다.

다음으로는 여러분이 가장 솔깃해하는 성적을 올리는 비법에 관하여 생각하는 바를 가감 없이 말하고자 합니다.

먼저, 성적이 도대체 무엇인가?를 알아야 합니다.

제가 생각하는 성적이란? '자신이 공부하고 노력한 것에 대한 학교의 반응'입니다.

어떤 학생들의 이야기를 들어 보면, "선생님 저는 이번에 정말 열심히 공부했는데, 성적이 너무 안 나왔어요!"라고 낙담하는 경우가 많습니다. 이런 경우에 저는 "○○야 다음 시험 때는 이번에 공부한 전략을 쓰지 말고, 약간 수정한 시험전략을 세워서 다시 도전해 보렴. 여러 공부 방법을 적용해 보면 상황과 체질에 딱 맞을 뿐 아니라 성적도 잘나오는 공부비법과 만날 수 있을 거야."라고 충고를 해 줍니다.

성적에 대한 몇 가지 제언을 하자면, 먼저 수험생이 성적을 올리려면 '집중과 반복'이라는 두 가지 원리를 이해하여야 합니다. 자신의 상황에서 어떤 시간에 집중을 더 잘할 수 있는지, 어느 장소에서 반복효과를 더 얻을 수 있는지에 대한 성찰이 필요합니다. 아울러 성적을 올리려는 밑바탕에는 '강력한 동기유발'(자극, 계기, 절박함 등)이 있어야 합니다. 6학년을 담임할 때, 철민이라는 학생이 삼촌과 함께 고연전 농구 경기를 보고 왔습니다. 그 다음부터 공부하는 눈빛이 예전과 달라서, 이유를 물었더니 다음과 같이 대답하였습니다. "선생님, 저는 무슨 일이 있어도, 꼭 고려대에 진학하고 싶습니다. 삼촌과 함께 고연전 농구경기 응원을 하면서, 이 대학에 꼭 진학하겠다는 결심을 했습니다."라고 말을 하였습니다.

흔히, '고시에 합격하면, 먼저 부모님 산소에 합격증을 바치겠다.'는 다짐도 어떻게 보면, 강력한 동기유발이라고 할 수 있겠습니다.

두 번째로는 규칙적인 계획을 세워서 요일별로 공부하는 것이 참 중요합니다. 모든 계획에는 변수가 생기는 것이 당연하지만, 그럼에도 불구하고 계획을 세워서 공부하는 것은 '점검'을 수반할 수 있으므로 참 중요합니다. 예를 들어, 영어와 수학은 매일 공부해야 하는 과목이므로, 영어는 매일 아침에, 수학은 매일 저녁에 공부를 하고, 낮에는 나머지 과목을 요일별로 균형 있게 배치하여 공부하면 좋을 것 같습니다. 암기과목의 경우, 국어는 월요일, 화요일에 공부를 하고, 사회는 수요일에, 과학은 목요일에, 기타 과목은 금요일과 토요일에 하는 식으로 배치를 하면 좋겠습니다. 요약하면, 영어, 수학은 매일, 암기과목은 요일별로 공부를 하는 것입니다.

물론 제가 말씀드리는 것은 어디까지나 예시일 뿐이므로 각자 자신의 상황과 체질에 맞게 공부계획을 체계적으로 세워 나가야 할 것입니다.

　세 번째로는 위에서도 잠시 언급했지만 하루빨리 '자신만의 공부비법'을 찾아야 합니다.

　나의 경우에는 고등학교 시절, 우연히 라디오에서 흘러나오는 국악 악기연주를 들으면서 중간고사 공부를 했는데, 성적이 상당히 올라간 경험이 있었습니다.

　또한, 당시의 카세트 녹음테이프(지금은 휴대폰 녹음 버튼)에 외워야 할 내용을 직접 자신의 목소리로 녹음하여 등하교시에 버스에서 이어폰으로 듣는 경우(특히, 시험 기간에)도 있었습니다.

　제가 학창시절 시험을 치를 경우에, 암기과목만은 거의 만점을 맞았습니다.

　어라, 모두 믿지 않는 의심스러운 눈초리를 보내고 있군요(**일동 웃음😊**). 유난히 암기과목에서 성적이 좋았던 이유는 '되새김의 비법'을 사용했기 때문입니다. 쉬는 시간에 화장실 다녀와서는 특별한 일이 없는 경우에는 책상에 엎드려 있었습니다. 다른 사람이 보면, 영락없이 자고 있는 줄 알지만, 사실은 엎드려서 앞 시간에 배웠던 내용을 머릿속으로 떠올렸습니다.

　버스를 타고 1시간 하교하면서도 눈을 감고 그날의 1교시부터 마지막 시간까지의 수업시간의 내용을 떠올려보는 '되새김'을 사용하였고, 생각이 나지 않는 것은 집에 와서 교과서를 들춰 보았습니다.

또한, 책의 목차를 보면, 단원들의 제목과 기다란 점선이 있고 끝에 해당 쪽수가 표시되어 있습니다. 이 기다란 점선 위의 공간에 그 단원에서 중요한 '키워드'나 시험에 자주 나오는 외우기 힘든 것을 첫 글자들만 따서 적어 두었습니다. 이런 식으로 목차를 활용하면 교과서 전체를 한눈에 파악할 수가 있어 나무를 보는 것이 아니라 숲 전체를 보는 공부 전략으로 승화시킬 수 있었습니다.

네 번째로는 '어려운 과목을 가르치는 선생님을 좋아해 보면 어떨까?'라는 생각을 해봅니다. 나의 학창시절에는 여학생들이 선생님 책상의 꽃병에 진달래나 개나리 등을 꽂아 놓은 경험이 많았습니다. 자신이 좋아하는 선생님의 과목은 아무래도 더 열심히 하게 됩니다.

지금도 쉬는 시간, 심지어는 공부시간에도 자신들이 좋아하는 아이돌 남자그룹의 가수 노래가사를 달달 외우는 아이들을 자주 목격합니다. 누가 시켜서도, 시험을 보는 것도 아닌데도 말입니다(**일동웃음**😊).

다섯 번째로는 '좋은 친구와 선의의 협력(스터디 그룹 등)하기'를 꼽고 싶습니다. '여유'라는 말을 찾기 어려운 고등학교의 학창시절이 그나마 아름다운 추억으로 남아있는 이유는 아마 친구가 있기 때문일 것입니다. 친구와 선의의 협력을 한다면 서로 '시너지효과'가 발휘될 것입니다. 좋은 친구가 좋은 성적 못지않게 유익을 가져다주듯이, 일생일대에 해로운 친구를 만나지 않은 것도 커다란 복이라 할 수 있습니다. 서로 마음에 맞는 사람들끼리 '스터디 그룹'을 형성하여 공부했던 것이 합격에 큰 도움이 되었다는 고시시험 합격수기도 좋은 벤치마킹이 될 것 같습니다.

나의 고등학교 3학년 시절, 실제로 있었던 일입니다. 상훈(가명)이와 동근(가명)이는 친구사이입니다. 상훈이네는 집은 부자인데, 공부는 중상위권에 머물러 있어서 상위권으로 올라가지 못해 안타까워하는 상황이었습니다. 반면에, 동근이는 공부는 잘했지만, 시골집이 가난하여 하숙도 할 수 없는 상황이었습니다. 상훈이 어머님의 배려로 동근이는 상훈이와 한방에서 생활하면서 1년 동안 같이 공부할 수 있었습니다. 결과를 보면, 상훈이는 고려대학교 사범대학에 합격하였고, 동근이는 집안 형편이 어려워 장학금이 지급되는 경찰대(당시 경쟁률400:1)에 입학하였습니다. 명문대학 입시 참 쉽지요?**(일동웃음☺)**

여섯 번째로는 바로 '토요일&방학'에 성적의 승부수가 달려 있다고 생각됩니다. 매주 돌아오는 토요일과 학기마다 돌아오는 방학을 규칙적으로 계획을 세워 충실하게 보낸다면, 훨씬 실력이 향상된 다음 학기를 보낼 수 있을 것입니다. '토요일&방학'을 전략적으로 활용하지 않고서는 발판을 마련하기가 어려울 것입니다.

이왕 칼을 뺀 김에 대학교까지 말씀드리겠습니다. 대학에서 좋은 학점을 맞으려면 간단합니다. 바로 '강의실 맨 앞자리 앉기'입니다. 대학뿐만 아니라 오늘 이 자리에서도 맨 앞자리는 '금자리'입니다(**일동웃음**☺) 이왕이면 앞으로는 앞자리에 앉도록 노력하십시오. 그만큼 얻어가는 것이 크답니다.

돌발질문

끝에서 두 번째 앉은 학생 저 역시, 나름대로 공부 방법을 이용하여 열심히 공부하고 있는데, 지난 기말시험 점수가 좋지 않아서 크게 실망하고 있었습니다. 어떻게 하면 좋을까요?

나 (몇 초간 뜸을 들인 후에) 지난 주말에 유치원에 다니는 우리 아이와 노래방을 갔었답니다. 아이가 부르는 동요노래가 끝날 때마다, 노래방 기계에서 팡파레 같은 소리가 나오며 점수가 화면에 가득하게 나오더라고요. 100점, 90점, 84점 등 다양한 점수가 등장합니다. 시간이 조금 지나자 우리 아이가 노래 자체보다는 점수에만 온통 예민하게 신경을 집중하는 것입니다. 그래서 유치원 아이에게 얼굴에 정색을 하고 다음과 같이 말을 해주었답니다. "우리는 즐겁게 노래 부르고 행복하기 위하여 노래방에 왔단다. 점수에 너무 신경 쓰지 마렴! 그냥 지나가는 점수란다~." 마찬가지입니다. 앞으로의 여러분들의 인생에는 수없이 많은 시험, 그것에 따른 시험결과와 마주 대할 것입니다. 그 때마다 우리가 촉각을 곤두세운다면, 점수의 노예가 되고 말 것입니다. 때로는 쿨하게, 담담하게 반응할 필요가 있습니다. 점수 자체보다 '공부의 맛'을 체험하는 것에 목표를 두는 것이 더 바람직하답니다. 그렇게 접근해야 여러분들이 아직 몇 년은 남아 있는 학창시절의 공부레이스에서 스트레스를 덜 받으며 꾸준하게 자신의 실력을 유지하거나 향상시킬 수가 있답니다.

이 시간에 여러 공부 전략들을 제시한 이유는, 경쟁을 강화하기 위해서가 아니라, 이왕 해야 하는 공부라면, 조금 더 자신에게 맞는 공부 방법을 찾아보는 것이 좋겠다는 취지로 이해해 주면 좋겠습니다.

무엇보다도, 여러분이 스스로에게 너무 1등, 탑, 베스트, 금메달만 강요하지 말기를 바랍니다.

챔피언의 자리는 강제로 '의무방어전'을 치러야하는 혹독한 자리입니다.

'2등도 좋고, 3등도 참 좋다'라는 '여유로움'을 마음속에 간직하기를 바랍니다.

그러한 여유로움이 있는 경우에만 비로소 주변에서 '소중함의 가치'를 깨달을 수 있답니다.

종이 울리는 시간이 얼마 남지 않았지만, 마지막으로 여러분과 같이 '촛불의식'을 진행하고자 합니다.

방송반 선생님은 미리 부탁드린 영화 '타이타닉' 주제가를 배경음악으로 틀어 주시고, 여러분은 학교에서 준비한 흰 초를 한 개씩 꺼내길 바랍니다.

종이컵의 가운데 구멍을 뚫어서 흰 초를 끼우세요.

그리고 각 학급의 반장친구들은 앞으로 나와서 나의 촛불에서 불을 점화한 다음에 친구들에게 촛불을 한 사람씩 이어서 옮기길 바랍니다.

이미 초에 불이 붙은 학생은 경건한 마음으로 촛불을 바라보며 모든 친구들이 불을 밝힐 때까지 잠시 대기하길 바랍니다.

이제 모두 촛불이 켜졌습니다.

방송반 선생님은 이전에 드렸던 '태아의 초음파 심장소리' 파일을 들려주기 바랍니다.

학생 여러분은 잠시 마음을 차분하게 가라앉히고, 살아있는 심장의 고동소리를 들으면서 '생명의 소중함'을 느껴 보기를 바랍니다.

태아의 심장소리뿐 아니라, 여러분의 심장도 지금 이 시간에 생존을 위하여 부지런히 뛰고 있답니다.

심장에게 고마운 마음을 전달해 보세요.

'나를 위하여 쉬지 않고 열심히 뛰어주는 너에게 따뜻함을 보낸다.'

이런 방식으로 자신의 머리, 눈, 코, 입, 귀, 가슴, 배, 다리, 발 끝까지 자신의 온 몸에 사랑스러운 기운을 쫙~ 보내도록 합니다!

지금부터, 나를 따라서 자신에게 떳떳하고 당당하게 말하세요.

"지금도 충분히 멋지단다." "지금도 충분히 멋지단다."

"지금도 충분히 예쁘단다." "지금도 충분히 예쁘단다."

"지금도 충분히 소중하단다." "지금도 충분히 소중하단다."

(잠시 시간이 흐른 후에)

제가 예절 중에 가장 큰 예절은 '국가에 대한 예절'이라고 하였습니다.

우리나라는 그냥 그렇게 만들어진 나라가 아니랍니다.

수많은 선열들의 피와 땀으로 이루어진 아름다운 나라입니다.

눈앞의 촛불을 바라보며 '나라가 있기에 내가 있고, 조국이 있기에 내 꿈을 펼칠 수가 있구나'라는 감사한 마음을 가져봅시다.

할 일 많은 우리나라에 태어난 것이 얼마나 감사한 일인가요?

지금 이 시간에 선열들의 희생에 감사하며 보답하고자 하는 마음으로 자신이 나라를 위하여 실천할 수 있는 것을 한 가지 떠올리며 다짐하는 시간을 갖도록 하겠습니다.

나라를 생각하기에, 통일을 염두하지 않을 수 없습니다.

당장, 북한의 십대 친구들을 생각해 보세요.

누가 뭐라고 해도, 우리는 같은 핏줄의 한민족, 한겨레, 한 가족입니다.

방송반 선생님은 '우리의 소원은 통일' 노래를 배경음악으로 틀어 주기 바랍니다.

여러분은 통일노래를 들으면서 장치 이 땅에 통일이 하루 속히 이루어지기를 하늘에 기도하는 마음을 가져 봅니다.

나는 여러분이 '통일로, 아시아로, 전 세계로, 우주로 쭉~ 뻗어 나가길 기원합니다.'

(잠시 시간이 흐른 후에)

여러분은 촛불을 보면, 누가 생각나는지요?

맞습니다. 부모님입니다.

자신을 희생하면서, 우리를 위하여 헌신하시는 부모님을 생각하지 않을 수 없습니다.

어떻게 해서든지 여러분을 잘 길러 보겠다고 고군분투하시는 부모님의 마음을 헤아려 봅시다.

세면대의 비누를 생각해 보십시오.

새 비누의 파릇파릇함은 어느새 없어지고, 깨끗한 손과 얼굴을 위하여 닳고 닳아진 비누를 볼 때마다 나는 부모님 생각으로 마음이 먹먹하답니다.

각자 부모님이 계신 방향으로 돌아서서 '어머니 은혜' 노래를 작은 목소리로 불러 봅시다.

"높고 높은 하늘이라 말들 하지만, 나는 나는 높은 게 또 하나 있지~

낳으시고 기르시는 어머님 은혜♬ 푸른 하늘 그 보다도 높은 것 같애."

(잠시 시간이 흐른 후에)

다음 순서로는 '친구의 소중함'을 생각하는 시간을 갖도록 하겠습니다.

친구 앞에서 자랑질 하거나 뒤에서 뒷담화한 것을 잠시 반성하는 시간을 갖도록 하겠습니다.

이제부터는 힘들고 어려운 친구의 '수호천사'가 되자고 다짐하길 바랍니다.

'지혜는 들어주는 데서 오고, 후회는 말하는 데서 온다'라는 영국속담이 있습니다.

현재보다 말하는 것을 2% 줄이고, 듣는 것을 2% 늘인다면 여러분은 조금 더 훌륭한 친구가 될 수 있을 것입니다.

친구를 향했던 미움과 시기의 손가락질을 '내가 먼저 더 좋은 친구가 되어야겠다'라는 마음으로 변환하길 바랍니다.

친구가 먼저 양보하기를 원하는 알량한 자존심을 소중한 우정 앞에 내려놓고 자신이 먼저 양보하는 미덕을 발휘하기를 기원합니다.

자신이 마음 문을 열어야 비로소 친구의 마음 문도 열릴 것입니다.

양보하는 참된 우정의 꽃은 '평생친구의 열매'로 보답할 것입니다.

비록 짧은 시간의 간단한 촛불의식이었지만, 먼 훗날 여러분이 어른으로 성장한 후에도 잠시나마 주변의 소중함을 일깨웠던 아름다운 추억으로 남기를 바랍니다.

(잠시 시간이 흐른 후에)

자~, 이제 하나, 둘, 셋을 외치며 촛불을 동시에 끄도록 하겠습니다.

하나, 둘, 셋!, 다 같이 후~

(삐리삐리♪ 삐리링♬) 드디어 종이 울리네요.

마지막으로 여러분에게 부탁하고 싶은 말은 안산시에 가면, 화랑유원지 안에 '세월호 참사 정부합동분향소'가 있습니다. 제가 방문할 때마다 느끼는 점은 조문하는 사람들보다 분향소에서 상주하시는 분들이 더 많아 보이는 안타까운 현실입니다.

놀이동산에 놀러가는 것도 좋지만, 가족과 함께 방문하여 선배 영혼들의 넋을 위로하고, 유가족들께는 위로를 드리는 추모의 시간을 가지면 더 의미가 있을 것이라 생각이 됩니다.

가족과 대화 등의 뜻깊은 시간을 보내며 그분들의 희생이 헛되지 않도록 함께 추모하면 좋겠습니다.

수도권전철 4호선 '초지역'에서 내려서, '경기도미술관' 표지판을 따라 걸으면 15분 전후에 도착할 수 있답니다.

초대해 주신 교장선생님, 교감선생님, 여러 선생님, 자치회 임원학생들에게 감사드립니다.

약간 눈시울을 붉히시는 여러분이 있어서 나까지 눈물이 날려고 하네요.

인연이 닿는다면, 제가 다시 돌아와서 이 자리에 서거나 향후에 어디서라도 만날 기회가 있을 것입니다.

비록, 가상의 상황이지만, 여러분을 만나서 참 행복했답니다.

인연이 된다면, 언제, 어디서든지 또 만나게 될 것입니다.

(머리 위로 손을 올려서 크게 하트♡모양을 만들며)

"사랑합니다~, 사랑합니다~~."

칠판에 적힌 요약서 - '명품인생'을 위한 공부전략

명품인생

명품인생이란?

'하고 싶은 일을 하면서 선한 영향력을 끼치는 인생'입니다.

① 명품인생의 첫단추는 바로 '스스로~'입니다.

② '국가에 대한 예의'가 중요합니다.

③ '명품인생=사랑실천'입니다.

④ '요일별 힐링호흡'으로 명품인생의 꽃을 피웁시다!

공부전략을 위한 기본생활 덕목

① 먼저, 올바른 생활습관입니다.

② 두 번째로는 올바른 판단능력입니다.

③ 세 번째로는 긍정적인 자아정체감입니다.

④ 네 번째로는 지혜로운 시간 활용입니다.

⑤ 다섯 번째로는 '학교나 학급의 다양한 행사에 적극적으로 참여하기'입니다.

⑥ 마지막으로는 공부의 맛을 알게 해줘야 합니다.

명품인생을 위한 공부전략

① 성적이란? 자신이 공부하고 노력한 것에 대한 학교의 반응입니다.

② 성적을 올리려면 '집중과 반복'의 원리를 성찰하고,

'강력한 동기유발'이 있어야합니다.

③ 규칙적인 계획을 세워서 요일별로 공부하는 것이 참 중요합니다.

④ '되새김의 비법' 등 하루빨리 자신만의 공부비법을 찾아야합니다.

⑤ 어려운 과목의 선생님을 좋아해 보면 어떨까요.

⑥ '좋은 친구와 선의의 협력(스터디 그룹 등)하기'도 좋습니다.

⑦ '토요일&방학'에 성적의 승부수가 달려 있습니다.

⑧ 대학교에서는 '강의실 맨 앞자리 앉기'가 좋은 학점의 지름길입니다.

촛불의식

① '지금도 충분히 소중하단다' 자신과의 만남

② 나라와 통일을 위한 실천 의지 다지기

③ 잠시나마 '부모님 은혜'를 깨닫기

④ 친구의 '수호천사' 되기로 다짐하기

에필로그

학교 뒷산

알고 지내는 지인에게서 과일상자를 구입하였다. 테라스에 놓고 틈틈이 과일을 먹었는데, 상당한 시일이 지난 후에 몇 개 남지 않은 과일을 입에 넣으니 이전의 맛이 나지 않았다. 버리기는 아깝고 먹기에는 이미 싱싱한 맛이 사라진 과일 몇 개를 일단 비닐봉지에 담아 놓았다. 그날 낮에 교실에서 수업을 하다가 우연히 창밖의 운동장을 바라보니, 비둘기 몇 마리가 눈 덮인 운동장에서 아이들이 먹다 떨어진 과자 부스러기들을 쪼아 먹고 있었다. 순간, '아하! 아까운 과일을 버리지 말고 학교 뒷산의 숲에 골고루 던져 주면 되겠다. 배가 고픈 산짐승들에게 요긴한 먹이가 될 수 있겠구나'라는 생각이 들었다. 다음 날 아침에는 평소보다 30분 일찍 집을 나섰다. 비록 몇 개의 과일이지만 비닐봉지에 담긴 과일을 들고 눈 덮인 학교 뒷산으로 올라가 사람의 발길이 닿지 않을 만한 숲 쪽으로 과일을 골고루 던져 주고 내려왔다.

이 책을 출간한 목적은 자신의 어려운 상황에 매몰되지 말고, 그런 경우일수록 '마음씀씀이'를 넓게 하여 약한 친구에게 따뜻한 말 한마디 건네며, 어려운 이웃을 돌아볼 줄 알고, 나아가 민족과 세계를 두 팔로 품어 줄 수 있는 그릇을 키우는 것에 있다.

(손가락으로 ♡모양을 만들면서) 앞으로 살아갈 날이 창창한 십대 청소년 여러분! 지금도 충분히 멋지고 아름답단다. 기운 내고 파이팅하기를!!